행복한 나무

행복한 나무

신준환 지음

GEOBOOK 지오북

머리말

아기를 안고 있는 엄마는 왜 행복할까? 행복이란 무엇일까? 행복은 어딘가에 있는 것을 찾아가는 것이 아니라 지금 여기서 내가 만들어내는 것이다. 그러나 환상에 젖어 혼자 몰입하면 꼴불견이 된다. 행복은 혼자 만들어내는 것이 아니다. 아기와 엄마는 서로를 행복하게 해준다. 아기 때문에 생기는 호르몬은 물론 몸과 마음이 서로 의존하고 서로 도와주기 때문이다.

우리는 남과 더불어 살아가는 존재이다. 『전쟁과 평화』, 『안나 카레니나』 같은 대작도 기만이며 장식품이자 유혹일 뿐이라고 참회한 톨스토이는 인생의 모순을 절감하고 『인생론』을 집필하였다. 자신이 행복할 수 있는 길은 모든 사람들이 다른 사람의 행복을 위해 살고 자기를 사랑하는 것 이상으로 다른 사람들을 사랑하는 것이다. 왜냐하면 다른 사람의 행복은 다른 사람에게 봉사하는 사람의 생명에 의해서 소멸되지 않을 뿐 아니라 오히려 그의 희생으로 더욱 증대되고 강화되기 때문이다.

사람의 욕망은 어떤 모양으로도 마음대로 부풀릴 수 있고 팽창력을 갖고 있는 무수히 많은 풍선에 비유할 수 있다. 그러나 하나의 풍선이 부풀어 오르기 시작하여 다른 풍선보다 커지면 그것들을 압박하게 되고 또 그 풍선 자신도 압박받게 되듯이 사람도 욕망을 키우게 되면 고통을 받게 된다. 그런 욕망은 즉시 그 사람의 생활 전체를 점령하여 모순을 불러일으키며 그의 전 존재를 고통으로 밀어 넣는 것이다. 톨스토이는 이런 사색 끝에 인간 생존의 비참함은 자기의 개체적 생존이 인생 그 자체이고 행복 그 자체라고 생각하는 데서 생기는 것이라고 하였다.

우리는 다른 사람과 교류하고 이 세계의 일체 만물과 교감하며 성장한다. 그렇다면 진정한 행복은 결국 타인은 물론 세상 만물을 포용할 수 있는 자기완성의 노력에서 시작되지 않을까?『논어』의 첫 구절이 의미심장하다. "배우고 익히면 기쁘지 아니한가? 벗이 먼 곳에서 찾아오면 즐겁지 아니한가? 남이 알아주지 않아도 성내지 않는다면 군자답지 아니한가?" 결국『논어』도 사람의 도리를 다하는 인생의 행복은 학습과 타인과의 교류를 통한 자기완성에서 출발한다고 알려주고 있는 것으로 보인다.

자기완성의 길에 가장 믿음직한 도반은 나무가 될 것이다. 나무는 자기완성의 진정한 모습을 가장 잘 보여준다. 나무는 한자리에 서서 다른 자리를 바라지도 않고 자기가 할 수 있는 것 이상으로 욕심을 부리지도 않고 온 세계를 속속들이 이어서 다시 살려낸다. 우주 속에서 태양과 지구를 연결하여 에너지를 생산하고 많은 생물을 길러내는 나무를 보면 생물은 물론 세상의 모두가 연결되어 있다는 것을 알 수 있다. 이 세상에 서로 관계없는 것은 없다. 우리의 고통과 아픔마저도 우리가 세계와 연결되어 있다는 증거가 된다. 너와 내가 연결되고 우리와 세상 만물이 연결되며 진정한 우주가 자라나는 것이다. 나무를 통해 세계가 살아나고 있듯이 나를 통해 우주가 살아나고 있는 것이다. 이렇게 자신이 보고 있는 우주보다 자기 안에 더 큰 우주를 품고 있다는 것을 아는 자는 얼마나 행복할까?

살아 있다는 것은 자기를 조절하고 있다는 것이지만 더 큰 자기로 거듭날 수 있다는 것이기도 한데 건강해야 아름다운 전체가 될 수 있다. 이런 생각에 이 책을 제1부 행복을 위한 성찰, 제2부 건강한 행복, 제3부 지혜로운 자기완성으로 꾸며보았다.

역사는 나무에 대한 우리 관념이 뿌리를 내리고 있는 곳이다. 우리 조상들이 나무에서 얻은 행복을 비춰보며 그 의의를 살펴본다. 또한 나무줄기가 기를 쓰고 햇빛을 향해 자라는 것과 인류의 신앙 역시 처절하게 광명을 지향한 과정의 과학적 배경을 살펴보고 복사나무 가지를 통해 전통신앙에 나타난 행복의 의미를 성찰해본다. 그리고 백두대간이라는 큰 틀의 맥락을 가늠하면서 작은 풀꽃도 응시할 줄 알았던 우리 조상들이 꾸민 정원에서 자연과 삶을 잇는 풍요로움을 즐긴 다양한 사례를 알아보고 멀리서 이상향을 구하지 않고 지금 내가 살고 있는 땅을 가꾸는 마음을 성찰해본다.

건강한 행복은 몸과 마음을 치유해주는 나무를 통해서 이룰 수 있다. 밥상은 몸뿐 아니라 마음도 이어주는 자리가 된다. 우리 역사와 자연환경을 고스란히 담아내고 우주의 빛과 생명이 마주하는 자리가 되면서 지구 곳곳이 교류해온 과정이 그대로 이어지는 밥상 앞에서 바람직한 삶의 미래를 생각해본다. 또한 치유의 세계수(世界樹), 나무를 본다. 하늘을 꿈꾸는 산, 땅을 빛내는 물, 그 사이에 나무가 자라는 마음이 있다.

자기완성을 꿈꾸는 자는 함부로 향기를 내뿜지 않는다. 진화과정 깊은 곳에서 진동하는 향기를 느낄 수 있는 우리는 참으로 행복하다. 이런 '깊은 연결'은 거대한 나무처럼 울림이 장대하다. 이렇게 복잡하고도 아름다운 진화과정이 우리 행복의 바탕을 이루고 있다. 나무는 죽은 자가 어딘가로 가는 것이 아니라 나에게로 와서 더 큰 내가 된다는 것을 알려주며 우리 삶의 어둠을 거두어준다. 생태계는 우리 생각보다 훨씬 긴밀하게 짜여 있고 생명은 속속들이 한통속이다. 나무는 '줄 없는 거문고'처럼 우리에게 자기완성의 곡조를 울려준다.

이 책은 『경향신문』에 「신준환의 꿈꾸는 나무」란 제목으로 연재한 글을 모아 엮은 것이다. 기획에디터였던 최병준 기자님, 도재기 기자님, 조찬제 기자님에게 감사드린다. 또한 좋은 책을 만들기 위해 노력해준 지오북 황영심 사장님과 편집진 여러분에게 감사드린다.

2018년 5월, 신준환

차례

Part 1

행복을 위한 성찰

1. 역사

이 땅에 다양한 나무가 많아야 우리의
생태계가 건강해진다. 어울릴 때 건강하다.
우리 역사는 말한다. 주변에 잘 자라고
있는 나무를 귀하게 대하라고.

문자로 기록된 우리 역사에 가장 먼저 나타난 나무는 무엇일까? 필자가 조사한 바로는 뽕나무나 소나무다. 『삼국사기』에 박혁거세 17년(서기전 41년)에 왕이 알영 왕비와 함께 6부를 돌아다니며 농사와 양잠을 장려했다는 기록이 있다. 양잠에 쓰인 뽕나무가 나오는 것이다. 하지만 소나무도 만만찮다. 고구려의 시조 동명성왕이 나라를 세우기 전 부여에서 피신해 나올 때 부인에게 "당신이 만약 아들을 낳거든 내가 남긴 물건이 일곱 모가 난 돌 위의 소나무 밑에 감춰져 있다고 말해주시오. 그가 만약 이것을 찾게 되면, 그제야 곧 나의 아들일 것이오"라고 했다(이강래 역, 『삼국사기』)는 것을 보면 소나무가 먼저일 수도 있다. 동명성왕이 고구려 왕위에 오른 것은 박혁거세 21년(서기전 37년)이니 떠난 시점에 따라 소나무가 먼저 등장했을 가능성을 배제하기 어렵기 때문이다.

　　그런데 양잠에서 뽕나무를 생각했듯이 이름에서 나무를 떠올리면 가장 먼저 나온 나무는 버드나무다. 동명성왕의 어머니가 유화(柳花)부인이기 때문이다. 유화

정선군의 **뽕나무의 열매와 잎**. 『삼국사기』에 나오는 가장 오래된 나무 중 하나이다. 신라의 시조 박혁거세의 왕비 알영이 양잠을 권장했다는 기록이 있다.

부인은 물을 뜻하는 하백(河伯)의 딸이니 물가에서 잘 자라는 버드나무를 생각해보면 신화와 생태가 잘 어울린다. 이렇듯 우리 역사에 빨리 출현한 뽕나무, 소나무, 버드나무는 이후 조선시대까지 매우 중요한 역할을 하며 역사에 자주 등장한다.

뽕나무는 먹을 것과 입을 것을 제공하기에 조선시대에 왕이 직접 챙기는 나무가 되었다. 쓰임새도 다양했다. 문무왕 9년에 당나라 황제가 신라 활의 성능이 좋은 것을 알고 기술자 구진천을 당나라로 불러들여 활을 만들게 했으나 화살이 겨우 30보밖에 나가지 않았다. 구진천이 당나라의 야욕을 알아채고 제대로 만들지 않았던 것이다. 당 황제가 "너희 나라에서는 활을 쏘면 1,000보를 간다는데 겨우 30보를 가니 어찌 된 일이냐"고 다그치자 신라의 나무가 아니어서 성능이 발휘되지 않는 것 같다고 했다. 그래서 신라에서 활을 만들 나무를 바치게 했는데 여기에 등장하는 나무가 뽕나무로 보인다. 우리의 전통 활을 만들 때 중요하게 쓰이는 나무가 뽕나무이기 때문이다.

그런데 신라에서 가져온 나무로 만든 활도 화살이 60보밖에 나가지 않았다. 다시 다그침에 구진천은 "그 까닭을 알 수 없으나 아마 나무가 바다를 건너오면서 습기가 찼던 것 같습니다"라고 둘러댔다. 당 황제가 중죄로 위협했으나 구진천은 끝내 그 재능을 다 발휘하지 않았다고 한다. 사람과 나무는 이렇게 미묘하고 깊숙이 연결되어 있다.

버드나무는 아비 없는 자식을 슬기롭게 키워낸 유화부인으로 출현한 뒤 여인들의 지혜의 상징이 됐다. 고려 태조 왕건과 장화왕후의 만남에도 버들잎이 등장한다. 왕건이 태봉국의 장수 시절 견훤과 전쟁을 치르면서 목이 말라 우물로 갔다. 그때 우물가에 있던 나주 오씨 집안 오다련의 딸이 바가지에 버들잎을 띄운 물을 주었다. 목이 말라 급하게 물을 먹다 체할까 봐 천천히 마시라는 뜻이다. 이런 슬기로 왕건을 감동시키고 결국

능수버들과 소녀상. 늘어진 가지가 춤을 추듯 바람에 흔들리는 모습이 아름다운 나무이다. 버들잎을 띄운 물바가지 전설이 곳곳에 남아 있다.

장화왕후가 됐다는 이야기다.

비슷한 이야기가 조선 태조 이성계와 신덕왕후의 만남에도 등장한다. 무대가 서울 정릉이고 전쟁이 아니라 호랑이 사냥 중에 일어난 것만 다르다. 이 설화는 지금의 '정릉버들잎축제'를 낳았다. 왕건이 장화왕후를 만났다고 전해지는 완사천은 전라남도 기념물 제93호로 지정돼 있다.

『고려사』에는 왕건의 할아버지인 작제건의 이야기가 소개되는데 신화 같은 전설이다. 작제건이 중국으로 가던 중 서해 용왕의 어려움을 해결해줘 금, 은 등 일곱가지 보물을 받고 그 딸인 용녀와 결혼하게 됐다. 그런데 일곱가지 보물 이야기를 들은 용녀는 그보다 버드나무 지팡이와 돼지가 더 귀하니 그것을 얻어가자고 했다. 그 시절에는 버드나무 가지가 금은보화보다 더 좋은 것이었나 보다. 이 전설을 읽으면 불교 색채가 진하게 느껴지는데, 고려 불화에서도 버들가지는 중요한 소재다. 수월관음도, 양류관음도를 보면 관세음보살이 버들가

창녕군 우포늪의 버드나무. 우포늪을 지키는 나무로 바람에 나부끼는 신록
이 눈부시게 아름답다.

지를 들고 있거나 병에 꽂아 두고 있다. 산들바람에도 일렁이는 버들가지처럼 미천한 중생의 작은 소원이라도 들어주는 관세음보살의 큰 자비를 상징하는 것이다. 특히 버드나무 뿌리는 감로수를 정화시켜주는 능력이 있다는 믿음이 내려온다.

열대지방의 맹그로브 나무가 물을 정화시키고 새우나 물고기를 키운다고 많이 알려져 있지만 우리나라에서는 버드나무가 그런 역할을 한다. 버드나무가 살고 있는 물에는 다양한 어류가 서식한다. 이는 최근에 조사된 과학적 사실이기도 하지만 원래 물고기 이름에는 버들가지, 버들개, 동버들개, 버들매치, 버들붕어, 버들치 등 '버들'이 많이 들어간다. 또 예전에는 버드나무의 성장을 관찰해 무성하게 자라면 벼농사가 잘될 것으로 예측했다. 기상측정 장비가 별로 없었던 시절 버드나무가 물과 친하기에 역시 물을 쓰는 벼농사에 생물기후의 지표로 적절하게 활용한 것으로 보인다.

이순신 장군은 훈련원에서 말을 타고 달리다 떨어져

다리가 부러지자 버들가지를 벗겨 묶고 다시 말을 탔다고 한다. 또 생물학적으로 같은 종을 두고도 고리를 만들었다고 고리버들, 키를 만들었다고 키버들이라고 다양하게 부르기도 했다. 이렇게 일상생활에 쓰이던 온갖 물건을 버들가지로 많이 만들었던 것을 보면 잊어버린 우리의 역사에는 버들의 쓰임새가 훨씬 다양했을 것이다.

서민 군주를 자처한 영조는 청계천을 준설하면서 좌우에 돌축대를 쌓으려고 했다. 하지만 사람들의 고생이 너무 심해 계획을 변경, 나무 말뚝을 먼저 박고 그 뒤에 자른 나무들을 놓아 서로 얽은 뒤 흙을 채워 버드나무를 심어 서로 받쳐주도록 했다(신병주, 『영조의 청계천 준설』). 태종이나 세종, 성종, 중종 등 다른 많은 왕들도 도랑을 파고 버드나무를 심어 홍수를 방지하게 했다. 조선의 왕들은 백성들의 생활과 안전을 버드나무를 심어 받쳐준 것이다. 그래서 필자는 버드나무를 우리 민족의 어머니 나무라고 생각한다. 지금도 산불이나 산사태가 난 곳의 골짜기에는 버드나무가 먼저 들어와 흙

청송군 주산지의 왕버들. 물속에 잠기기를 반복하며 오랜 세월 생명을 이어가는 왕버들들의 생태가 신비롭다.

소나무. 예나 지금이나 우리 민족이 가장 아끼고 좋아한 나무이다.

을 보듬어 안고 땅을 지켜주는 장면을 많이 볼 수 있다.

소나무는 동명성왕이 신표를 감춰놓았다가 그것을 찾아온 아들에게 왕좌를 물려준 이야기에서 보듯이 왕실이나 권력과 친근성이 있다.

『삼국사기』는 진평왕 당시 백제와의 전장에서 눌최란 장수가 "따뜻한 봄의 맑은 기운에는 초목이 모두 꽃을 피우고, 추운 겨울이 되어서는 유독 소나무와 잣나무만이 맨 뒤에 시드는 것이다"라며 군사들을 독려하고 죽기로 싸웠다는 이야기를 전해준다.

또 진덕왕 원년에 김유신 장군이 백제와 싸울 때 "추운 겨울이 된 후에야 소나무와 잣나무가 맨 나중에 시드는 것을 안다"며 비령자를 독려하자 비령자가 종에게 아들을 부탁하고 적진으로 달려가 싸우다 장렬하게 전사했다는 이야기도 나온다. 이는 모두 『논어』에 나오는 "추운 겨울이 된 뒤에야 소나무와 잣나무가 뒤늦게 시드는 것을 알게 된다"는 구절을 생각하고 말한 것으로 보인다. 선비가 궁해져야 그 절의를 보게 되고, 세상이

어지러워야 충신을 알게 된다는 뜻이다. 삼국시대에도 이미 중국 문화가 깊숙이 영향을 미친 것으로 보인다.

한편 『삼국사기』를 보면, 고운 최치원이 태조 왕건이 범상하지 않은 인물로 반드시 천명을 받아 나라를 열 것을 알았던 까닭에 "계림은 누런 잎이요, 곡령(鵠嶺)은 푸른 솔이로다"라는 글을 주었다고 한다. '계림'은 신라의 김씨 왕조 시조인 김알지의 탄생설화가 담긴 숲으로 신라를 뜻하고, '누런 잎'은 망해간다는 것을 뜻한다. '곡령'은 개경의 고개 이름이니 고려 왕조가 개창될 것을 비유적으로 예언한 말이라고 전한다.

『고려사』에도 여기에 대응하는 이야기가 있다. 왕건의 선조 강충이 원래 부소산 북쪽에 있는 부소군에 살았는데, 풍수를 잘 아는 신라 감관 팔원이 부소산이 형세는 좋으나 나무가 없는 것을 보고 강충에게 "만일 부소군을 산 남쪽으로 옮기고 소나무를 심어 암석이 나타나지 않도록 하면 거기서 삼한을 통일하는 자가 출생

영주시 순흥면의 소나무 연리목.
두 소나무가 어울려서 더욱 힘찬 기개를 뿜어낸다.

할 것"이라고 했다. 강충은 사람들과 함께 산 남쪽으로 이사하고 온 산에 소나무를 심어 이름을 송악으로 고쳤다. 이렇게 푸른 소나무는 왕의 탄생을 상징하는 나무가 된 것이다.

『고려사』에는 이외에도 나무와 관련된 많은 이야기가 있다. 정종은 태조의 능을 참배하기 위해 정성을 들이던 날 저녁에 궁전 동쪽 산의 소나무 속에서 자신의 이름을 부르며 "어려움에 처한 백성들을 잘 돌봐주는 것이 임금의 가장 요긴한 일이니라"라고 말하는 소리를 듣고 사면령을 내렸다. 하지만 권력 지향의 소나무 사랑은 백성들에게 피해를 많이 입혔다. 고려의 권력자들이 좋은 소나무를 옮겨심기 위해 백성들을 동원한 것이다.

조선 왕실과 소나무의 긴밀한 관계는 실록에서도, 현장에서도 많이 보인다. 실제 왕릉은 유독 소나무와 친하다. 이런 전통은 민간에도 영향을 미쳐 다른 나무는 햇빛을 가린다고 무덤 주변에서 자라지 못하게 하지만 소나무는 도래솔이라고 일컬으며 무덤을 꾸미게 한다.

소나무는 사실 활엽수가 무성하게 자라면 쇠퇴하는 생태적 특성을 지니고 있다. 지층에 보존된 꽃가루를 분석해보면 우리나라에 소나무가 많은 것은 농경문화의 영향으로 보인다. 농경이 활발해진 시기와 소나무가 번성한 시기가 비슷하게 맞아떨어진다.

이렇게 우리 전통문화와 같이한 소나무는 참 좋은 나무라 할 수 있다. 나무를 다루는 기계가 없던 시절에도 연한 재질 덕에 사람들은 쉽게 소나무를 이용할 수 있었다. 춘궁기에 배를 곯을 때 소나무 껍질을 벗겨 먹으며 연명할 수도 있었다. 하지만 그렇다고 우리의 탄생부터 죽음까지 소나무에 의지해 산다는 식으로 오로지 소나무만 치켜세우는 것은 문제가 있다. 원래 인류는 자신의 주변에 많이 자라는 나무를 이용하며 살아왔다. 같은 우리 민족이라도 자작나무가 많은 백두산 부근에서는 삶에 필요한 대부분을 자작나무에 의존했다. 이 땅에 다양한 나무가 살아야 우리의 생태계가 건강해진다. 어울릴 때 건강하다.

역사는 이런 이치를 계속 알려준다. 춘궁기에 배가 고프다고 솔잎이나 소나무 껍질만 많이 먹으면 변비로 고생한다. 그래서 슬기로운 선조들은 느릅나무 껍질과 섞어 먹었다. 느릅나무 껍질은 한방에서 활제(대변이 굳어 잘 나오지 않는 것을 매끄럽게 만들어주는 약제)로 쓰이기 때문에 변비 방지에 그만이다. 이런 역사는 기막히게 아름다운 장면도 연출했다. 평강공주가 온달을 찾아갔을 때 온달은 배가 고파 느릅나무 껍질을 벗겨서 지고 내려오는 중이었다. 지게를 지고 산에서 내려오는 온달과 궁궐에서 나온 공주, 지게에 얼기설기 묶인 느릅나무 껍질과 섬섬옥수를 두르고 있는 비단결의 만남은 극적이다.

선조들은 나무와 관련, 또 다른 꿈도 꿨다. 곳곳에 많은 삼괴정(三槐亭)이 이를 잘 말해준다. 삼괴정은 느티나무 세 그루를 심어놓고 삼정승을 꿈꾸며 붙인 이름이

서산시 해미읍성의 회화나무. 학자수로 불리며
길상목으로 양반가에 주로 심는 나무이나.
이 나무는 조선 말기 천주교 신자의 박해와
관련이 있는 슬픈 이야기가 깃든 나무이다.

다. 사실 중국에서는 느티나무가 아니라 회화나무를 심었다. 주나라에서는 관직을 나무에 비유했는데, 태사(太師)·태부(太傅)·태보(太保)를 '삼공(三公)'이라 하고 삼공을 회화나무 세 그루를 뜻하는 '삼괴(三槐)'라 부르기도 했다. 또 조정 앞에 회화나무를 심었기에 조정을 괴정이라고도 불렀다. 주나라에선 우리의 선비격인 사(士)가 죽으면 무덤에 이 나무를 심어 학자수라고도 했다.

우리나라에서는 중국의 회화나무를 구하기 어려워 잘 자랄 수 있는 느티나무를 심고 괴목(槐木)이라 부르며 자손이 높이 되고 조정에도 나가고 좋은 학자가 되기를 두루두루 기원한 것이다. 우리 역사는 말한다. 주변에 잘 자라고 있는 나무를 귀하게 대하라고.

영주시 안정면 단촌리의 천연기념물 제273호 느티나무. 마을 어귀에
심고 정자나무로 삼은 가장 친근한 나무이다.

2. 신앙

한 줄기 햇살을 부여잡으려는 가느다란
초록 가지의 몸짓은 우리 마음 깊숙이
생명력을 일깨운다.
초록은 햇빛을 지향하고, 많은 사람들이
믿는 신앙은 모두 밝음을 지향한다.
인류와 나무는 빛을 향하는 원형적 기능을
공유하고 있다.

우리는 나무를 믿는다. 나무는 크고, 인간과 비교하기 힘들 정도로 생명이 길다. 큰 나무를 향한 경외심에 더해 사람이 태어났을 때도 큰 나무가 죽을 때도 여전히 큰 나무로 우뚝 서 있는 모습에서 고대 사람들은 영원을 느낄 수 있었을 것이다. 큰 돌 앞에서도 마찬가지다. 그런데 고대 사회의 거석문화는 거의 없어졌지만 나무에 대한 믿음은 여전하다.

나무는 생명의 존엄성을 느끼게 한다. 늘푸른나무는 늘 푸르기에, 낙엽 지는 나무는 추운 겨울을 견디고 다시 새순을 틔우기 때문이다. 더구나 이 새순은 아무데로나 뻗지 않는다. 기를 쓰고 밝은 곳을 향해 뻗어 나간다. 그래서 한 줄기 햇살을 부여잡으려는 가느다란 초록 가지의 몸짓은 우리 마음 깊숙이 생명력을 일깨운다.

초록은 원래 햇빛을 지향한다. 애초에 동그란 모양을 한 광합성 세균은 밝은 곳을 향해 몸을 틀었다고 한다. 동그란 몸체가 빛을 감지하는 렌즈가 돼 햇빛 쪽으

새잎과 함께 꽃이 피는 점봉산의 신갈나무. 나무의 일생에서 가장 행복한 때가 아닐까.

로 몸을 틀고 광합성을 잘할 수 있도록 햇살을 듬뿍 받게 한 것이다. 약 35억 년 전에 진화한 남조류는 이렇게 광합성을 하며 대기의 조성을 바꿀 정도로 어마어마한 산소를 발생시킴으로써 더 큰 생물이 진화될 조건을 만들었다. 그 후 진화된 식물도 역시 광합성에 필요한 빛 감지 능력을 갖추게 됐는데 나무도 이런 기원을 공유하기 때문에 햇빛을 향해 자라는 것이다.

그런데 이런 빛 감지 능력이 진화과정에서 식물에서 동물로 수평적으로 전달됐다. 조류(藻類)의 일종인 와편모조류의 로돕신 유전자가 동물로 전달되고 그 결과 인류도 햇빛을 감지할 수 있게 됐다는 것이다. 그 결과 많은 사람들이 믿는 신앙은 민속신앙이든 고등 종교든 모두 밝음을 지향한다. 인류와 나무는 빛을 향하는 원형적 기능을 공유하고 있는 것이다.

우리 단군신화는 태백산 신단수, 즉 크게 밝은 산(太白山)에서 자라는 나무로 하늘의 신이 내려오면서 이 세상의 의미를 얻는다. 최남선이 불함문화론에서 주장하듯 우리나라 산 이름에 나오는 '백(白)'의 의미는 단순히 희다는 뜻이 아니라 밝다는 뜻이 중심을 이룬다고 할 수 있다. 즉 하늘의 밝은 이치로 널리 인간을 이롭게 하는 세상을 만들기 위해 천제(天帝)의 아들인 환웅이 밝은 산으로 내려온 것이다. 우리 민족은 이와 같이 하늘의 뜻이 세상을 밝게 만드는 데 있다고 믿었다.

생태학적으로도 나무는 우리가 보는 높이에서 끝나지 않는다. 나무는 줄기의 높이가 다하는 데서 끝나는 것이 아니다. 나무는 저 멀리 우주에서 오는 햇빛과 저 깊은 대지를 연결하면서 새로운 세계를 일궈낸다. 태양에너지로 광합성을 해 그 산물인 유기물로 땅속 깊이 뿌리를 뻗을 뿐만 아니라 유기물을 분비해 지하의 온갖 생물이 살아갈 에너지를 제공한다. 나무는 태양에너지로 어두운 땅속을 밝혀주는 것이다. 또 나무는 건조한 대기에 지하의 물을 뿜어 올려 구름을 만들고 강렬한 햇볕을 누그러뜨려 세상을 부드럽게 한다.

이렇듯 나무가 우주와 대지를 연결해주는 존재라는

대덕산의 **까치박달나무 잎**. 갑자기 쏟아지던 소나기가 그치고 반짝 빛나는 햇빛을 머금어 더욱 아름다운 순간이다.

소백산의 박달나무 잎과 열매. 옛이야기에 자주 나와 익숙한 나무이지만
의외로 산에서 보기 어려운 나무이다.

신화는 그냥 신화로 머무는 것이 아니라 생태학적 의미를 가진 새로운 세상에 대한 정당한 요구로 다시 태어날 수 있다. 우리는 신화와 과학을 곧잘 대립시키지만, 사실 신화와 과학은 시간적 규모와 의미체계에서 엄청난 차이가 있다. 신화에는 인류의 집단무의식에 잠재돼 있는 생물 진화의 기나긴 과정과 선사시대에 하늘과 땅 사이에서 살아낸 모든 경험이 응결돼 있다. 과학이란 인류가 당면한 과제와 사물을 이해하기 위해 주류 집단이 극히 최근에 합의한 방법론이자 인식체계다. 그래서 과학과 신화가 대립하는 것이 아니라 과학으로 신화를 더 깊이 이해할 수 있고, 그 결과 인간을 더 잘 알 수 있다. 이렇듯 과학을 적절히 이용하면 신화는 미신이 아니라 인류의 미래를 더 바람직하게 가꾸어 갈 수 있는 바탕이 될 수 있다.

필자의 생각으로는 박달나무가 신단수로 된 것에도 생태학적 의미가 있다. 박달나무는 깊은 산에 많이 자라지만 잘 자라는 자리는 어김없이 햇빛이 잘 들어오는 밝은 곳이다. 그런데 신단수의 박달나무를 현대에 와서 생물학적으로 확정한 박달나무(*Betula schmidtii*)만 의미한 다고 주장할 필요는 없다. 박달이란 배달겨레의 '배달' 과도 뜻이 통하는 말로, 어원을 따져볼 때 '밝은 땅', '밝은 산'을 두루 의미한다는 것을 감안하면 여러 가능성을 열어놓고 폭넓게 연구하는 것이 바람직할 것이다.

이우철의 『한국 식물명의 유래』에 따르면, 강원도 방 언으로는 당단풍나무를 박달나무라고 하고, 경기도 광릉 지방의 방언으로는 산딸나무를 박달나무라고 한다. 그리고 문경새재 아리랑의 가사를 풀이할 때 물박달나 무와 박달나무가 혼용되고 있기도 하다. 이우철에 의하 면 쪽동백나무를 물박달나무라고 하는 경우도 있다. 우 리 겨레의 말 쓰임새가 이렇게 다양하니 현대의 생물학 적으로 고정된 이름을 고집하기보다는 각 지역의 특성 에 따라 신단수를 달리할 가능성도 열어놓아야 한다. 함경도나 더 북쪽에서는 자작나무(*Betula platyphylla* var. *japonica*)나 만주자작나무(*Betula platyphylla*)도 충분히 신

작은 사당을 에워싼 침엽수와 활엽수.
전통신앙은 마을의 안녕을 위해 큰 나무를 숭상했다.

단수가 될 만하다. 시베리아와 만주지방의 샤먼 나무는 자작나무이기 때문이다.

이런 일은 생물과학으로만 해결할 수는 없다. 단순히 인문지리적 식견을 더한다고 되는 것도 아니다. 과학과 인문학이 소통하고 결합할 때 바람직한 결과를 내놓을 수 있을 것이다. 이 대목에서 필자는 단군신화를 기록한 『삼국유사』나 『제왕운기』의 역사적 사료 가치만 중요한 것이 아니라 불가의 일연이나 개혁적 삶을 산 신진 관료였던 이승휴가 일부러 이런 신비한 이야기를 기록한 심정에 대해서도 평가해봐야 한다고 생각한다. 몽골의 침략으로 온 백성이 유린당하고 전 국토가 황폐화된 후에 적국의 속국이 된 나라에서 무슨 마음으로 이런 글을 남기고자 했던가를 생각하면 "황당한 이야기라 사료 가치가 없다" 또는 "아니 그러기에 더 중요하다"라는 논쟁은 큰 의미가 없을 것이다. 그런 상황에서도 지식인으로서 백성과 함께 살아내야 했던 의미를 우리가 되살리지 못하면 학문의 빛은 흐려지고 말 것이다.

원래 우리 민족은 밝은 세상을 지향했다. 민속뿐 아니라 정사에도 이런 기록이 남아 있다. 나무에만 국한하더라도 『삼국사기』를 보면, 복사나무(복숭아나무)가 때를 모르고 8월이나 10월에 꽃을 피웠다는 기록이 신라 본기에만 6번 나온다. 음력 8월은 가을이고 10월은 겨울이니 이때 꽃이 피는 것은 이상 현상이다. 지금 우리는 벚꽃 개화를 예측하며 계절의 변화를 고상하게 감지한다고 생각하지만 삼국시대에는 복사나무와 자두나무(오얏나무)의 개화를 보았다. 그럼 왜 복사나무였을까? 복사나무는 전통적으로 귀신을 쫓아내고 불로장생하는 나무로 숭상됐다. 『한국민속대백과사전』을 보면, 복사나무는 찬 기운이 남아 있는 이른 시기에 봄기운을 가장 먼저 받아들여 잎이 나기도 전에 꽃을 피우는 양기 충만한 나무여서 귀신과 같은 음기를 쫓아내는 힘이 강하다고 여겼다. 특히 해가 뜨는 동쪽은 만물이 소생하는 근원이면서 양기와 생명력이 충만하므로 동쪽으로 뻗은 가지의 귀신 쫓는 힘이 가장 크다고 믿었다.

또 복사나무의 열매인 복숭아는 하늘의 과일로 불로

연둣빛 봄 숲에 홀로 핀 복사나무 꽃. 귀신을 쫓아낼 뿐만 아니라 불로장생,
무릉도원의 상징이던 나무이다.

장생의 힘을 준다고 믿어왔는데, 현대 한의학에서는 복숭아씨에 있는 여러 물질이 항염증 작용, 진해 및 진통 작용, 항알레르기 작용을 하고, 가지는 갑작스러운 복통을 완화시킨다고 한다(안덕균, 『한국본초도감』). 오랜 경험에 따른 믿음이 현대 과학으로는 물질로 분석되고 있는 것이다. 이런 효과 때문에 민간에서는 복사나무의 이용 방법이 전국 각지에 전승되고 있다. 특히 경기도에서는 나무껍질을 구워 이로 물고 있으면 치통에 좋다고 한다(국립수목원, 『한국의 민속식물』).

이제는 이런 민속 경험이 전통지식이란 이름으로 생물다양성협약 등 각종 국제협약에서 중요하게 취급된다. 2010년 일본 나고야에서 열린 생물다양성협약 당사국 총회에서 나고야 의정서가 채택된 이후 '생물자원에 대한 접근과 이익 공유'를 뜻하는 ABS(access and benefit sharing)가 영어로 그대로 통용될 정도로 우리나라 산업계에도 충격을 주고 있다. 세계 각지의 토착민들이 믿던 신앙이 경험으로 구체화되면서 여러 식물을 이용

해 치유하는 전통이 형성됐고, 이런 전통이 생물다양성 보전에도 도움이 되며, 전통지식의 가치를 정당하게 지불하고 이용해야 한다는 인식에 세계 각국이 합의한 것이다.

고등 종교로 들어가도 신앙과 함께한 나무의 이야기에서는 토착신앙에서 보는 원형적 기능이 그대로 유지된다. 예루살렘 히브리대학의 마이켈 조하리는 『성서의 식물』(김준민 역)이라는 책을 쓰면서 "이 책을 저술한 이념은 고대식물의 생활이 오늘날까지도 변화 없이 번성하고 있는 그 환경에서 생겨났으며, 거기서는 성서의 화려한 풍경이 예언자와 제왕들이 시와 우화에서 찬양하고, 또 백성들이 그들의 노래에서 찬양한 영광이 아직도 번쩍이고 있는 것이다"라고 하였다. 그는 이 책에서 성서식물을 과일나무, 농작물과 정원식물, 야생초류, 삼림의 수목과 관목, 강변과 늪의 식물, 광야의 식물, 가시나무와 엉겅퀴, 들에 피는 꽃, 약과 양념, 향료

소나무와 작은 사당. 마을 사람들의
작은 상처도 어루만질 듯 나뭇가지가 늘어져 있다.

▲석가모니가 그 아래서 깨달음을 얻었다고 알려진 보리수나무 잎
▼한국 사찰에서 그 대용으로 심는 찰피나무의 잎과 꽃

와 향수로 나누어 설명하고 있다. 이창복은 『성서식물』에서 "성서에 나타나는 식물종은 110~125종이라고 보고 있는데, 이 책에 수록된 종수는 140종이다. 이 140종은 이미 밝혀진 종수를 수록함과 동시에 일부 후보에 올라 있는 종까지 포함시킨 것"이라면서 정확한 이름을 밝히기 어렵기 때문에 후보 종을 수록하고 있다. 중요한 정보를 잃지 않고 미래에 전달하려고 노력한 것이다. 그리고 맨 처음에 솔로몬의 성전을 지을 때 사용된 향백나무(*Cedrus libani*)를 소개한다.

향백나무는 우리나라 남부지방에 심고 있는 히말라야시다(개잎갈나무)와 같은 속의 나무로 높이 30m, 줄기 지름 2m 이상 자라며 수령이 2,000~3,000년에 이르는 상록교목이다. 나무 향기가 좋고 방부·방충 능력이 있어 이미 3,000년 전 니네베 궁전을 지을 때도 사용했다. 얼마 전까지도 영국 박물관에 소장하고 있는 그 나무 조각을 불에 태우면 향기가 나 내구성과 향기로운 품질을 보여준다고 전한다.

불교에서는 석가모니가 깨달음을 얻었다는 보리수 나무(*Ficus religiosa*)가 유명하다. 이 나무 역시 높이 30m, 줄기 지름 3m까지 자라는 거대한 나무다. 민간에서 광범위한 증상을 치유하는 약재로 쓰이고 있어 신앙의 대상으로는 그만이다. 그러나 우리나라는 너무 추워 보리수나무가 자랄 수 없기에 사찰에서 대용으로 보리자나무(*Tilia miqueliana*)를 심고 있다. 중국 대부분의 지역에서 인도의 보리수나무가 자랄 수 없어 잎이 비슷한 피나무 종류를 보리수나무 대용으로 심었던 것을 우리나라 사찰에서 도입한 것이다. 그러나 생물학적으로 보면 인도 보리수나무는 뽕나무과의 무화과나무속에 포함되고 피나무는 피나무과의 피나무속에 속하기 때문에 무척 다르다.

우리나라에서는 보리자나무도 구하기 어렵기에 그와 비슷한 염주나무(*Tilia megaphylla*)나 찰피나무(*Tilia mandshurica*)를 대용으로 심는 경우가 많다. 원래 사찰에서는 보리자나무도 보리수나무로 부르고 있다. 하지만 생물학적으로 우리나라에 다른 과의 보리수나무(*Elaeagnus*

umbellata)가 따로 있기 때문에 혼동을 피하기 위해 보리
자나무라 한 것이다. 신앙이 전파되는 길과 과학이 가
는 길은 이렇게 어지럽게 갈라져 있다.

나무를 보는 우리의 인식은 그저 나무에 머물지 않
고, 하늘로 뻗고 대지로 심화된다. 나무는 이렇게 세
계를 품고 있기에 우리에게 더할 수 없는 믿음의 대상
이 되는 것이다. 이런 나무의 자세가 어지러운 세상에
서 병든 우리 마음을 치유할 수 있다. 밝은 세상을 지향
하며 어둠에서도 밝은 세상을 일궈내는 나무를 보면서
생각한다. 밝은 마음을 지향하던 민족의 후손인 우리는
어지러운 오늘날을 어떻게 살아야 할까?

3. 정원

선조들에게 정원은 주변 산천 경계를
포함하는 거시적인 차원으로 펼쳐지다
집 한편의 화단, 그리고 한 포기 화초로
수렴되면서 섬세하게 응시하며 지속된다.

우리나라의 정원은 이웃인 중국이나 일본과 다르게 집 주변의 산천과 연결해 자연미를 추구하는 전통을 가지고 있다. 대체로 중국에서는 벽을 높이 둘러 주변을 가림으로써 사람들이 정원에 집중하게 만드는 효과를 보았으며, 일본에서는 철저한 인위적 조성과 관리로 인공미의 극치를 추구하였다. 우리나라에서는 집을 지을 자리를 찾을 때 거시적으로 백두대간과 정맥들이 조화롭게 짜여 있는 바탕을 가늠한 후, 미시적으로 뒷산이 든든하게 받쳐주고 좌우로 산줄기가 포근하게 감싸주며 앞에서 나지막한 산이 유정하게 맞아주는 곳을 택하였기 때문일 것이다. 이런 곳에서 어디를 끊고 어디를 가릴 것인가?

　　우리 선조들은 멀리서 이상향을 구하지 않았다. 자신들이 살고 있는 땅의 체계를 읽어내고 그 짜임새를 이용해 마을을 이상향으로 꾸미고 자손만대 영화를 누리기를 꿈꾸었다. 선조들에게 정원은 크게는 집 주변의 산천이지만, 작게는 집 한편에 꾸민 화원이기도 하였다. 자연을 배우려고 노력한 선조들은 주변에 흔하게 자라는 소나무의 가치를 알아내어 칭송하며 동산을 꾸미기도 하였고 아름다운 꽃과 마음을 나누며 휴식을 취하기도 하였다.

퇴계(退溪) 이황은 호에서도 나타나듯이 수양의 정도에 따라 각각 독특한 산수경관을 즐겼으며 특히 매화를 사랑하여 인격을 가진 듯이 대우했고 죽을 때에도 "매화에 물을 주라"고 챙겼다. 한 시대를 경영하는 철학을 놓고 우암 송시열과 대립한 미수 허목은 노년에 고향인 경기도 연천 석록(石鹿)에 십청원(十靑園)이라는 정원을 경영하면서 소나무·측백나무·전나무·잣나무·대나무 등 평소 좋아하는 나무를 괴석과 함께 가꾸었다. 물론 이름에 보이듯이 사슴이 돌과 어울리는 산천에 늘 푸른 식물 10가지를 심어놓고 마음도 늘 푸르기를 꿈꾸었지만 그 전에는 꽃을 심고 정원 가꾸기를 즐겼다고 하였다.

우리 선비들의 꽃 가꾸기는 조선 초기 강희안이 쓴 『양화소록』의 전통을 대부분 따르고 있다. 여기에는 선

인왕산의 모과나무 꽃. 예로부터 정원에 많이 심어 가꾸었으며, 향기로운 노란색 열매는 생과일로 먹을 수 없어 차를 만들어 마시거나 약으로 쓴다.

담양군의 소쇄원. 산천을 연결하기 위해 담을 헐어 길을 내고 담 밑으로 물을 끌어들였다.

비들이 좋아했다는 매란국죽(梅蘭菊竹)이나 연꽃·동백뿐 아니라 서향·석류나무·치자나무·배롱나무·일본철쭉 등 외래종도 실려 있다.

조선 숙종 시대에 활동한 이만부도 한양에서 벼슬을 하다가 꽃과 나무를 사랑하여 고향인 경북 상주 노곡(魯谷)으로 돌아가 집에 심었던 식물에 대한 기록을 『노곡초목지』라는 책으로 엮어냈다. 여기에는 소나무·만년송·대나무·매화·오동·뽕나무·산수유·앵도·복숭아나무·살구나무·배나무·감나무·밤나무·대추나무·모과나무·호두나무·석류나무·연꽃·국화·구기자·모란·치자·장미·배롱나무·버드나무·동백·파초·닥나무, 총 28종의 초목에 대해 품종과 특성, 재배법 등을 중심으로 자세히 기록하였다(이종묵 역해, 『양화소록』). 이를 보면 기개와 지조를 함양해주는 상록수뿐 아니라 꽃나무, 유실수, 목재나 나무껍질을 쓰는 특용수, 약용식물이 모두 포함되어 있는 것을 알 수 있다.

이렇듯 선조들의 정원에 대한 생각은 매우 복합적이

며 체계적이다. 우선 보는 규모가 주변 산천 경계를 포함하는 거시적인 차원으로 펼쳐지다 집 한편의 화단, 그리고 한 포기 화초로 수렴되면서 섬세하게 응시하며 지속된다. 그리고 정신수양은 물론 의식주 해결과 병의 치유까지 기대하는 것이다. 선비가 벼슬을 할 때에는 나라를 위해 힘을 다하고, 물러나면 고향에 돌아가 스스로 살아가야 한다는 자족적인 삶의 철학을 보여주는 대목이다.

우리 선조들은 벼슬을 하지 않을 때 기거하는 곳을 산림(山林), 임원(林園)이라고 즐겨 불렀다. 이런 전통을 총망라한 서유구의 『임원경제지』는 시골 생활에 필요한 지식을 크게 16개 분야로 나누어 113권 54책으로 집대성해 놓았다. 이 결집체를 보면 우선 그 당시 수집한 지식의 방대함에 놀라게 되고, 곧이어 사대부는 삶이 곧아야 하고 생활을 스스로 해결해야 하며 시골에서도 올바른 사람이 되기 위해 다양한 공부를 해야 한다는 자세에 옷깃을 여미게 된다.

원주시의 앵도나무 열매. 4월에 흐드러지게 꽃이 피고 6월이면 열매가 익는다. 꽃도 예쁘고 열매도 맛있어 정원에 많이 심어 왔다.

섬진강 바람을 맞는 매화. 선비들이 유난히 좋아하고 아끼던 나무로 강희안은 『양화소록』에서 1품 나무로 분류하고 운치가 높고 뛰어나다고 했다.

선조들도 물론 꽃을 좋아하였다. 살림집이나 사찰, 궁궐 뜰에 층계 모양으로 단을 만들고 꽃을 심어 장관을 연출하기도 했다. 정조는 평소 꽃을 좋아하지는 않았지만 석류는 사랑하여 궁궐의 뜰에 심었을 뿐 아니라 500~600개의 화분을 팔진법을 써서 배치하기도 했다. 다산 정약용도 한양에서 벼슬을 할 때 살 자리가 협소함에도 불구하고 길가에도 화분을 배치해 어떻게 하면 행인들이 꽃을 다치지 않게 할까를 궁리하기도 하였다.

그런데 화초를 가꾸는 것에는 실용적인 뜻도 있었다. 1960년대 시골 풍경을 돌이켜 보면, 이웃집에서 양귀비를 키웠다. 꽃도 예뻤지만 비상시 응급처방 약재였다. 아이들이 갑자기 설사를 하고 배가 아프다고 데굴데굴 구르면 양귀비를 이용해 아이들의 복통을 진정시켰다. 그 집의 아이뿐 아니라 그 마을에 있는 아이들은 모두 혜택을 누렸던 것 같다. 그러고 보니 그때 몇 집에서 심었던 목련·산수유·석류·작약·접시꽃 모두 유사시에 약재로 사용할 수 있는 것들이다.

안방마님의 방문 앞 작은 화단에 심어 두었던 석류는 단맛이 나면 식용으로, 신맛이 강하면 약용으로 쓰기도 하였다. 치자나무의 용도는 더 다양하다. 선조들은 꽃이 하얗고 윤택이 나 아름답고, 꽃향기가 맑고 부드러우며, 겨울에도 잎이 시들지 않고, 열매로 노란색을 물들일 수 있다고 치자나무의 4가지 장점을 기렸다. 더구나 열매는 가슴, 위, 장에 열이 나거나 마음이 답답하고 괴로운 증상을 낫게 하는 효능이 있다. 어릴 때 어머님들이 치자 열매로 물들인 노란색의 전을 부쳐주신 것은 아름답게 먹으라는 뜻도 있지만 우리의 속을 편안하게 해주시려는 뜻도 있었던 것이다. 또한, 아버님들은 치자나무의 실용적인 효능뿐 아니라 맑은 정신의 고양에도 이용하였다. 치자나무 하나만 보아도 우리를 건강하고 맑은 선비로 키우려는 부모님의 마음을 느낀다.

유명한 별서정원인 소쇄원의 치자나무가 "눈서리에도 맑고 곱다"고 노래한 김인후는 국화가 사람을 오래

홍매. 매화나무 종류로 붉은 꽃이 피어 홍매라고 한다. 붉디붉은 매화 한 그루의 사무치는 열정이 아름답다.

주왕산의 산국. 예로부터 약으로 쓰고 차로도 많이 마시는 국화의 종류는
감국이지만 요즘은 산국 꽃을 말려서 차로 마시기도 한다.

살게 해준다며, 세상사를 개탄하여 술을 마시는 남편을 위해 국화를 따와 술에 띄워주는 아내를 기리는 시를 짓기도 하였다. 국화는 봄에는 나물로 먹고 가을에는 약으로 썼는데, 이때 국화는 주로 감국을 말한다. 홍만선은『산림경제』에서 감국에 대해 정월에는 뿌리를, 3월에는 잎을, 5월에는 줄기를, 9월에는 꽃을 먹을 수 있다고 하였다. 화초도 계절마다 다양하게 이용하였음을 알 수 있다. 조선 전기의 대표적 문인 서거정은 여러 병을 앓으면서 자신에게 진정으로 소중한 것이 무엇인지 깨닫고, 여러 생에 걸쳐 국화를 좋아했을 것이라고 하면서 동쪽 울 밑에 가득한 국화를 노래하였다. 이는 은일(隱逸)을 꿈꾸던 조선 선비들의 최고 모델인 도연명의 "동쪽 울 밑에서 국화를 꺾어 들고, 멀리 남산을 바라본다"에서 유래하였겠지만 일제강점기를 겪은 우리나라는 "울 밑에 선 봉선화야"를 부르며 마음을 달래야 했다.

하지만 봉선화가 아가씨들의 손톱을 물들이는 용도로만 쓰인 것은 아니었다. 『산림경제』를 보면 "여름에 꽃 피었다 열매를 맺는데, 씨는 기름을 짜서 음식에 치면 맛이 참기름보다 좋다"고 하였다. 이렇듯 우리 정원을 가꾸는 식물은 관상용인 것 같지만 늘 실용이나 정신수양, 그리고 치유와도 연결되어 있었다.

보기만 해도 마음을 달래주는 식물도 있다. 『동의보감』은 원추리에 대해 "마음을 좋게 하여 기쁘고 즐겁게 하고 걱정을 없애준다. 정원에 심어놓고 항상 보는 것이 좋다", 자귀나무에 대해 "분노를 풀어주어 아주 즐겁게 하고 걱정을 없애준다. 정원에 심어두면 화를 내지 않게 된다"고 하였다. 산수유도 약용뿐 아니라 "붉은 열매도 보고 즐길 만하다"고 『산림경제』에 소개되어 있다.

최근 미국에서 연구된 소리경관(sound scape) 개념이 우리나라에도 들어왔지만 선조들은 이미 이런 요소를 즐기고 있었다. 선비들이 벽오동을 심은 뜻은 봉황을 보려는 것이기보다는 빗소리를 감상하려는 것이었

벽오동. 오동나무와 비슷하지만 줄기가 초록빛의 벽색이고 곧게 벋으며 잎이 매우 넓고 크다.

다. 벽오동의 잎이 넓어 굵은 빗방울 떨어지는 소리를 즐기는 데 좋은 짝을 만난 듯 흥이 났을 것이다. 파초도 잎이 넓어 종이가 귀한 시절에 붓글씨를 연습하는 좋은 재료였지만 빗소리를 즐기기에도 그만이었다. 바람에 일렁이는 솔가지의 음색이나 뒤편 대숲을 지나가는 바람 소리의 청량함에 대해서는 더 말할 것도 없다.

지금의 아파트에서는 빗소리를 감상하기 힘들고 특히 정원을 갖기는 어렵다고들 느낀다. 베란다를 없애지 않으면 작은 정원도 만들 수 있고 화분을 놓고 즐길 수도 있다. 조선시대에도 좁은 공간에서 화초를 즐기는 슬기가 뛰어났다. 필자는 비가 올 때 베란다 창문을 열어놓고 잎이 큰 식물을 창틀에 내놓아 잎에 떨어지는 빗소리를 즐긴다. 꼭 창밖에 내놓아야 하는 것은 아니다. 창틀에만 두어도 들이치는 빗방울의 소리가 은은하다. 어떨 때는 바깥의 세찬 빗소리와 창틀에 둔 식물의 잎에 떨어지는 둔중한 소리가 어울려 화음을 자아내기도 한다.

추사 김정희의 「세한도」에서 보듯이 정원수는 조선

선비에게 정신수양을 매개하기도 하였다. 선조들은 좋은 꽃이나 나무를 소유하는 데 정신이 팔려 원대한 뜻을 잃어버리는 '완물상지(玩物喪志)'를 멀리하고 자연을 관찰하여 삶의 이치를 알아내는 '관물찰리(觀物察理)'의 정신을 추구하였다. 자연을 배우며 마음의 근원을 울리고자 했던 우리 선조들은 정원을 가꾸며 스스로 절제하는 법을 배우고 마음을 닦으며 덕을 기르려 하였다.

독일 철학자 마르틴 하이데거의 말처럼 자제하는 것은 "자기 자신에게로 다가와 자기로 존재하는 한 방식"이다. 이렇게 하면서 수양이 깊어지면 그렇게도 갈구하던 자신의 시원에 자리를 잡을 수 있지 않을까? 우화등선(羽化登仙)도 따로 필요 없으리라. 그래서인지 선조들은 소나무의 자태에서 천년 학이나 거북을 살려내고, 용을 날아오르게도 하였다. 자연스러움을 사랑한 백운거사 이규보는 재배환경이 그렇게 열악했던 고려시대에도 움집을 만들어 꽃을 키우는 것을 싫어하였고, 조선의 왕이었던 성종과 명종도 겨울에 움집에서 핀 꽃을 바치는 것을 금지하였다(이종묵 역해, 『양화소록』).

이런 정신적 바탕으로 아름다운 산수경관에서 심성을 기르며 "산 절로 물 절로 산수 간에 나도 절로"를 노래하던 선조들은 격무에 시달린 몸을 여기서 치유하였다. 서거정은 병가를 내고 집에서 "발을 걷고 푸른 산을 마주하며" 요양하였고, 조선 사림의 조종으로 추앙받은 김종직은 자신의 병을 고치기 어렵다는 것을 알고 있으면서도 눈 속에서 움을 틔우려는 원추리를 보고 힘을 얻었다. 조선 중기 한문 사대가의 한 사람으로 일컬어졌던 상촌 신흠은 병으로 사직한 후 "안석에 기대면 바로 산을 마주보고 창문을 열면 성곽을 비스듬히 둘렀네, 동산 안의 나무 예닐곱 그루는 장막과도 같이 푸르게 우거졌네"(강민구, 『병중사색』)라고 노래하며 몸을 다스렸다.

상처를 입지 않고는 새살이 돋아나지 않듯이 고통을 겪지 않고는 세계의 깊이를 울려내는 사상이 싹트기 어렵다. 신흠은 문 닫고 누운 열흘 사이 진달래가 활짝 피었다고 놀라워할 정도로 병에 시달리면서도 공부와 수

북한산의 진달래. 봄볕이 따스해지고
키 큰 활엽수들이 새잎을 낼 무렵 흐드러지게 피어
우리 강산을 붉게 물들이는 작은키나무이다.

양을 게을리하지 않아 오래 마음을 울리는 명시를 지어 우리에게 전해주었다. 오래된 정원수의 노래와 향기가 있으며 생기도 살아나는 이 시는 지어진 지 400여 년이 지난 1990년대 말 외환위기를 겪을 때 사업에 실패하고 쓰러진 사람들을 다시 일으켜 세운 힘을 지니고 있다.

오동나무는 천년을 늙어도 항상 노래를 품고 있고
(桐千年老恒藏曲·동천년로항장곡)
매화는 일생을 춥게 지내도 향기를 팔지 않는다
(梅一生寒不賣香·매일생한불매향)
달은 천 번을 이지러져도 본질이 그대로이고
(月到千虧餘本質·월도천휴여본질)
버들가지는 백 번을 잘라내도 새 가지가 다시 난다
(柳經百別又新枝 유경백별우신지)

서울시 은평구의 자귀나무. 콩과 나무로 해가 지거나 비가 올 때는 작은 잎이 접히는데 이를 보고 부부의 금실을 뜻하는 합환수라고도 한다. 『동의보감』에도 정원에 심어두면 화를 내지 않게 한다고 쓰여 있다.

Part 2

건강한 행복

1. 건강

이 땅에 나는 풀과 나무를 이용하여
우리 몸의 건강을 유지한다는 발상은,
우리가 이 땅의 자연과 얼마나 다양하고
깊숙하게 연결되어 있는가를 깊이
이해하고 이를 지혜롭게 이용한 조상의
슬기에서 나온 것이다.

몸이 아프지 않고 건강하게 사는 것은 동서고금 모든 사람의 꿈이다. 특히 의료체계가 잘 갖추어지지 않은 옛날에는 한번 아프면 늘 죽고 사는 것을 걱정해야 할 정도로 심각한 문제가 되었다.

요즘 젊은이들 사이에서 '헬조선'이란 말이 유행한다지만 우리 조상들은 국민의 건강을 챙기는 데에는 세계를 선도했다. 특히 조선의 역대 왕들이 서민들의 약값 걱정과 궁벽한 시골의 처지까지 고려한 것은 같은 시대 서양의 역사에서는 보기 드문 일이었다.

조선 세종 시대에는 『세종실록지리지』를 편찬하면서 향약(鄕藥)의 분포 실태를 조사하였고, 『향약채취월령』을 간행하여 향약의 이름과 맛, 그리고 성질을 감별하는 기준을 마련하였다. 여기서 향약이란 우리나라에서 자라는 식물을 이용한 약을 뜻한다. 그 당시 중국이 의약 선진국이었지만 중국 약은 비싸 서민들이 이용하기 어려웠기 때문에 향약의 연구에 국가적 역량을 기울였다. 이 땅에 나는 풀과 나무를 이용하여 우리 몸의 건강을 유지한다는 이런 발상은, 흉년에 초근목피로 연명하였다는 기록과 함께 생각할 때, 우리가 이 땅의 자연과 얼마나 다양하고 깊숙하게 연결되어 있는가를 깊이 이해하고 이를 지혜롭게 이용한 조상의 슬기에서 나온 것이다.

명종은 신하인 김윤은과 유지번이 함께 만든『황달학질치료방』에 대해 극찬한 후, "궁벽한 시골의 백성들은 두루 구해보지 못할 것이니 감사 및 주부(州府) 등 큰 고을에서 인출하게 하여 경내의 백성들에게 나누어준다면 그 치료 방법에 이익되는 바가 많을 것이다"(김남일, 『한의학에 미친 조선의 지식인들』, 83쪽)라고 하여 서울에서 멀리 떨어진 시골의 사정까지 걱정해주었다.

이런 정신은 조선의 역대 왕들에게 대부분 이어져 선조는 허준을 불러 "…여러 의서가 방대하고 번잡하니 그 요점을 가리는 데 힘쓰라. 가난한 시골과 후미진 마

중국의 당귀와는 다른 우리나라 참당귀.
이른 봄에는 어린 순을 나물로 먹고 뿌리는 사지 관절에 동통이 있는 것을 치료하고, 타박상, 골절상에 혈액 순환을 활발하게 하여 부종을 없앤다. 보혈 작용이 있다.

태백산의 백작약. 『동의보감』에 "백작약은 이질에 반드시 써야 하는 약이다"
라고 쓰여 있다. 깊은 산속에 자라서 매우 희귀하지만 집 뜰에 심기도 하고
약재로 재배하기도 한다.

을에는 의사와 약이 없어 일찍 죽는 사람들이 많다. 우리나라에는 향약이 많이 나지만 사람들이 그것을 알지 못하니 이들을 분류하고 우리나라에서 부르는 이름을 함께 써서 백성들이 알기 쉽게 하라"고 하교했다. 허준이 물러 나와 전문가들을 모아 관청을 세우고 자료를 모아 줄거리를 거의 정리하였을 때 정유재란이 일어나 안타깝게도 중단되고 말았다.

선조는 다시 허준에게 하교하여 혼자서라도 책을 편찬하게 하였으나 그만 선조가 승하하여 그 책임을 지고 허준은 의주로 귀양을 가게 되었다. 허준은 유배 중에도 편찬 작업을 게을리하지 않아 마침내 『동의보감』을 완성하게 되었다. 『동의보감』은 180여 종의 의서와 중국의 고전 80여 종을 인용하고 있는데, 원래의 뜻을 해치지 않는다는 원칙에 입각해서 원문과 출처를 구체적으로 인용하고 있기 때문에 중국의 일부 학자들은 우리의 전통지식으로 인정하지 않으려는 움직임도 감지된다. 하지만 체제 구성의 독특한 철학적 의의, 인용 후 새로운 논리를 만들어나간 형식, 그리고 많은 향약을 수록

하고 한글로 식물 이름을 병기한 것을 볼 때『동의보감』은 우리의 자랑스러운 전통지식임에 틀림없다.

나아가 허준은 옛사람들의 처방에 들어가는 약재의 양과 종류가 너무 많아서 가난한 집에서는 모두 갖추어 쓰기가 어렵기 때문에 이를 간추려 처방하기에 편하고 쉽게 만들었으며, 또한 향약의 경우 이름과 생산지, 채취 시기, 말리는 방법을 써놓았으니 갖추어 쓰기 쉬워서 멀리 구하거나 얻기 어려운 폐단이 없을 것이라고『동의보감』의 '집례'에 밝혀놓고 있다. 특히 각 향약마다 한글로 식물 이름과 부위를 밝혀놓아 한문을 모르는 사람도 배려했을 뿐 아니라 지금도 전통지식을 쉽게 활용할 수 있도록 해준다.

예를 들어 사삼(沙蔘)이란 약재는 중국의 경우를 그대로 따르면 '잔대'라는 식물이 되지만 우리나라에서는 더덕을 쓰고 있었다는 것을 알 수 있다.

복분자딸기의 경우도 과거에 미국에서 수입한 과즙을 써서 복분자 술을 담근 것은 가짜이고 우리나라에서

화악산의 함박꽃나무 열매. 전국의 산에서 자라며 꽃은 크고 하얗다. 꽃봉오리는 폐렴으로 인한 해수, 가래에 피가 섞여 나오는 증상을 치료하며 열매도 신약 개발 잠재성이 높은 식물이다.

▲미국에서 도입한 복분자 종류
▼우리나라에서 자생하는 복분자딸기

재배한 열매로 담근 술이 진짜라는 논쟁이 있었지만 어차피 그 당시 우리나라에서 재배한 것도 미국에서 도입한 식물이라 정확히 말하면 우리 복분자딸기가 아닌 것이다. 그 후 우리나라 자생 복분자딸기 나무를 재배하는 농가가 늘어났지만 『동의보감』은 다른 이야기를 전해준다.

『동의보감』을 보면 한자로 '복분자(覆盆子)'라고 적어놓고 바로 옆에 '나모딸기'라고 적어두었는데, 이를 보면 복분자는 당시 산에 나는 나무딸기 종류를 모두 일컫는 것임을 알 수 있다. 그러니 한약에서 말하는 복분자는 지금 식물분류학에서 말하는 복분자딸기(*Rubus coreanus*)에서만 나는 것이 아니라 산야에 자라는 모든 나무딸기 종류에서 다 난다고 해야 할 것이다. 우리나라 수목학의 태두 이창복은 식물의 약성에 대해서도 깊은 지식을 가지고 있었는데 복분자딸기가 아니라 곰딸기(*Rubus phoenicolasius*)를 최고로 꼽았다. 곰딸기는 일명 붉은가시딸기라고 하듯이 가지에 가시가 드문드문 있으며 붉은색의 샘털(腺毛)이 빽빽하게 나 있고, 복분자딸기는 가지에 하얀빛을 띠는 백분(白粉)이 덮여 있어 쉽게 구분할 수 있다.

이로써 알 수 있듯이 전통지식에서 말하는 한약 이름을 지금 식물분류학적인 이름으로 일대일 대응을 시킬 필요는 없을 것으로 보인다. 그 당시 나무딸기라고 하면 지금 식물분류학적으로 나무딸기라고 부르는 것뿐 아니라 복분자딸기는 물론 줄딸기, 붉은가시딸기, 가시복분자딸기 등을 모두 포함했을 것이다. 그래서 안덕균은 『한국본초도감』에서 한약 이름 하나를 써놓고 현대의 식물분류학적인 이름이 같은 종류를 모두 나열하고 있다.

그런데 『동의보감』에서는 사삼을 더덕이라고 하였지만, 많은 한의학자들은 사삼을 잔대라고 주장하고 있다. 안덕균도 사삼을 더덕이라고 하는 것은 잘못이며 사삼은 잔대, 가는층층잔대, 층층잔대, 둥근잔대, 넓은잎잔대, 털잔대의 뿌리라고 하였다.

문제는 『동의보감』 같은 보물을 금과옥조로 생각한

나머지 전혀 비판할 수 없는 신성한 것으로 취급하는 것이다. 필자는 『동의보감』도 과학적인 해석과 평가를 받을 때 우리에게 훨씬 더 큰 가치를 안겨줄 것으로 기대한다. 조식제는 『특허로 만나는 우리 약초 1』에서 "더덕은 예로부터 인삼, 현삼, 단삼, 고삼과 함께 오삼 중의 하나로 불리며 약효를 인정받아 왔으며, 민간요법에서도 다양하게 사용되고 있다. 산더덕은 특히 사포닌과 이눌린 등의 성분으로 인해 비위 계통과 폐, 신장 등을 보호하고, 거담, 해소, 강장, 해열, 건위, 해독의 효능이 뛰어나며, 필수 지방인 리놀레인산, 칼슘, 인, 철분 등이 풍부하여 뼈와 혈액을 건강하게 유지하는 효과가 있다. 약명/이명은 사삼(沙蔘)/양유근, 통유초"라고 하였다.

위에서 든 문헌들을 종합해보면, 사삼을 무엇이라고 부르든지 더덕과 만삼, 잔대는 각기 독특한 생화학적 성분과 특징을 가지고 폐와 위를 건강하게 유지하는 데 도움을 준다. 특히 사삼이나 만삼은 인삼을 복용하면 부작용을 일으키는 사람에게 좋은 효과를 낸다는 해설을 보면 다양한 체질을 지니고 갖가지 스트레스를 받는 현대인의 건강관리에 좀 더 전문적이고 구체적인 도움을 줄 가능성을 엿볼 수 있다.

이렇게 우리 조상들이 우리 땅에서 나는 약용식물을 중요하게 생각한 결과, 흥미롭기는 하지만 현대적인 시각에서는 곤란한 일도 발생한다. 조선 초기의 문신이었던 황자후는 의학에도 정통하여 세종 때인 1421년 명나라에 가서 조선에서 산출되지 않은 약재를 구해 돌아와 면밀히 비교 검토한 후 단삼, 방기, 후박, 자원, 천궁, 통초, 독활, 경삼릉 등 8종은 중국산과 같지 않으니 사용하지 않도록 조치하였다(김남일, 『한의학에 미친 조선의 지식인들』, 114쪽). 이런 조치는 중국 약에 의존하는 것처럼 보이지만 사실은 그 많은 약재 중에서 8종 이외에는 우리 향약을 이용하는 것이기 때문에 오히려 향약의 이용을 권장하는 결과를 낳게 된다. 또한, 우리 향약을 썼을 때 약성을 보장할 수 없는 문제를 피해서 치료 효과를 높이는 장점도 있다.

영주시 단산면의 산수유 열매. 이른 봄 산자락을 노랗게 물들이는 꽃이
피고, 가을이면 정력에 좋다는 붉은 열매가 가득 달린다.

고흥군 금탑사의 비자나무 숲. 비자나무의 뿌리껍질과 열매는 약으로 쓰고 열매의 씨에서 기름을 짜서 먹는데 약간의 독성이 있어 많이 먹으면 안된다.

본초학에서 후박이라 불리는 중국목련. 우리나라 후박나무는 상록수이며
제주도를 비롯한 남서해안 지방에서 자란다.

그로부터 600년이 안되어 필자는 위에 쓰인 후박으로 인하여 혼란에 봉착하게 되었다. 1970년대 대학 시절, 수목학 시간에 우리나라 후박나무(*Machilus thunbergii*)는 녹나무과에 속하는 식물로 울릉도나 남서해안, 그리고 제주도를 위시한 섬 지방에서 자라는 것으로 배웠는데, 조경수 시장에서 목련과의 식물인 일본목련(*Magnolia obovata*)을 후박나무라고 판매하는 것을 보았다. 그 당시 일본 잔재 청산에 열을 올리고 있던 시대 상황에서 일본목련이 희귀하고 아름다운 후박나무로 오인되는 것을 본 필자는 일본목련은 낙엽활엽수이고 목련과이며 후박나무는 상록활엽수이고 녹나무과로, 생물학적으로 유연관계가 완전히 다르다고 화를 내며 항의를 하였다. 그런데 나중에 공부를 더 깊이 해보니 필자의 지식이 부족했다는 것을 알게 되었다.

앞에서 본 중국에만 있고 우리나라에는 없다는 약재인 후박(厚朴)이 문제였다. 후박(*Magnolia officinalis*)을 공부해보니 중국의 해발 300~1,500m의 계곡과 산지에서 자라는 목련의 일종으로 일본목련과 비슷하지 않은가! 한 수목원에서 중국목련이라는 이름이 붙은 후박을 찾을 수 있었는데 가까이 갈 때까지는 일본목련과 구별할 수 없었다. 바로 곁에 가서 잎을 보니 잎끝이 갈라져 있어 잎끝이 둥근 일본목련과 차이가 났다. 그래서 한동안 후박과 일본목련을 구분하기 무척 어렵지만 잎끝이 갈라지는지 아닌지로 구분한다고 생각했다. 그런데 산림치유를 배우면서 본격적으로 후박에 대해 조사를 하다가 영어판 위키피디아를 보니 후박과 일본목련은 참으로 구별하기 어렵고 단지 열매의 끝이 둥글면 후박이고 뾰족하면 일본목련이라는 설명이 있었다. 더구나 처음에 잎끝이 갈라지는 것으로 식별했던 것도 부실한 것임을 알게 되었다. 그런 것은 변종이어서 자연 상태에서는 나타나지 않고 재배되기만 한다는 것이다. 필자가 아둔한 탓도 있겠지만 뭘 제대로 안다는 것이 이렇게 어렵다. 그러니 나무를 쉽게 공부한다고 수목원에서만 관찰해서는 안 될 것이다. 특히 수목원이나 식물원

영주시 풍기읍의 백목련. 백목련은 중국 원산으로 조경수로 많이 심는다. 꽃봉오리에 정유가 함유되어 있어 약재로 이용한다.

에서는 한곳에 여러 식물을 많이 모아놓으니 잡종이 생길 수 있다.

물론 녹나무과 상록활엽수를 후박나무라고 부르고 있는 대한민국에서 일본목련을 후박나무라고 부르면 안 될 것이다. 상록활엽수로 잎이 조밀하게 분포하고 있는 후박나무와, 낙엽활엽수로 잎이 성글게 분포하고 있는 일본목련은 조경 효과도 완전히 다르다. 그런데 본초학 차원에서는 중국의 후박과 일본목련이 후박이다. 우리나라의 후박나무는 위품(僞品)일 뿐이다.

우리가 쉽게 학제 간 연구니 통섭이니 하지만 이런 깊은 틈을 무시하고서는 성공하기 어렵다. 더구나 사람의 건강이란 문제는 이제까지 생겨난 모든 학문이 관계될 수밖에 없기 때문에 더더욱 조심스럽다.

필자가 건강을 지켜준 식물 이야기를 하면서 약효에 대해 많은 이야기를 하지 않은 이유가 있다. 약효는『동의보감』에서부터 각종 본초학책에 엄청나게 많이 소개되어 있다. 특히 인터넷에는 우려스러울 정도로 과장된 경우도 많다. 그런데 우리는 몸에 좋다면 무조건 먹는 경향이 있다. 더구나 많이 먹으려고 한다. 또 오래오래 먹으면 더 좋은 것으로 안다. 그렇지만 어떤 것이 몸에 좋다는 것은 우리 몸에 들어와서 무슨 일을 한다는 것이다. 좋다는 것은 어디에 좋다는 것이라 다른 것에는 나쁠 수가 있다. 특별히 더 좋다는 것은 특별히 더 독이 될 수도 있다. 예를 들면 위에 좋은 것은 간에 부담이 될 수 있고 간에 좋은 것은 신장에 부담을 줄 수 있다. 몸에 좋은 것도 필요할 때만, 그것도 자격을 가진 전문가의 처방을 받아서 먹어야 할 것이다.

2. 밥상

백성들이 하늘로 여겼던 밥이 꿈으로
무르익는 황금벌판은 단풍으로 곱게 물든
산자락과 함께 파란 하늘에 참으로 잘
어울린다. 나무를 비롯한 식물이야말로
우리들의 밥상에 하늘을 돌려주고 있는
것은 아닐까.

우리 선조들이 어려울 때마다 삶의 길을 물었던 고전인 사마천의 『사기』에서는 '왕은 백성을 하늘로 여기고, 백성은 밥을 하늘로 여긴다'고 했다. 우리나라 산악 지역의 주민들은 자식에게 쌀밥을 원 없이 먹이는 것이 평생소원이었다. 우리 조상들은 "마른 논에 물 들어가는 소리와 자식 입에 밥 들어가는 소리"를 세상에서 가장 듣기 좋은 소리라고 했다.

쌀밥은 라이신과 메싸이오닌 같은 아미노산이 다른 곡류보다 풍부해 맛이 있다. 그저 물에 말아 먹어도 괜찮고, 간장이나 고추장, 된장, 김치 등 소금을 이용한 발효식품과도 잘 어울린다. 식단이 서구식으로 많이 변한 지금도 잘 익은 김치에 쌀밥이 최고라는 말을 하기도 한다. 밥을 좋아한 이유 중 하나로 고기 먹기가 어려웠던 점도 들 수 있다. 우리나라는 산이 많은 데다가 인구 밀도도 높아 고기가 부족했다. 조선시대에는 소의 힘을 빌려 곡식과 채소 등 식물성 농작물을 키워 먹어야 했기에 소의 도축을 금하기도 했다. 지금도 한국인은 OECD 회원국 중에서 채소를 가장 많이 먹는다.

부여군 임천면 작은 마을의 가을. 밥이 꿈으로 무르익는 황금빛 물결이 넘친다.

허허롭게 넓은 평야가 없는 이 땅은 가을빛을 담아내기에는 오히려 좋다. 뜨거웠던 여름을 결실로 승화시킨 이 가을, 산줄기와 물길을 따라 아름답게 펼쳐진 들녘에는 잘 익은 벼가 황금빛으로 출렁인다. 주변 산기슭으로는 우여곡절을 겪으며 한껏 에너지를 비축한 나무들이 저마다 다채로운 색깔을 뽐내며 겨울을 준비한다. 백성들이 하늘로 여겼던 밥이 꿈으로 무르익는 황금벌판은 단풍으로 곱게 물든 산자락과 함께 파란 하늘에 참으로 잘 어울린다. 사실 나무를 비롯한 식물이야말로 하늘을 밥으로 삼아 햇빛으로 에너지를 합성하여 우리들의 밥상에 하늘을 돌려주고 있는 것은 아닐까.

우리 밥상은 우리의 역사와 자연환경을 고스란히 담아내고, 우주의 빛과 생명이 마주하는 자리가 되면서 지구 곳곳이 서로 교류해온 과정이 그대로 이어지는 곳이기도 하다. 미나리, 쑥, 달래, 도토리, 밤, 마, 산마늘, 참나물, 더덕, 두릅, 머위 등은 우리나라가 원산으로 원래부터 먹어왔다. 벼는 동남아시아가 원산으로 이미 충북 청원 소로리 유적의 1만여 년 전 토탄층과 일산 가와지 유적의 4,500여 년 전 토탄 층에서 여러 개 발견 돼 역사가 깊다.

지중해 연안이 원산지인 무는 이미 서기전에 중국에서 도입돼 삼국시대에 먹은 기록이 있다. 서유럽과 인도가 각각 원산지인 상추와 가지도 이미 삼국시대부터 밥상에 올랐다. 통일신라시대에는 인도 원산인 오이가 등장했다. 고려시대 문인 이규보는 오이와 가지, 무, 파, 아욱, 박 등 여섯 가지 채소를 시로 읊기도 했다. 저 멀리 중앙아메리카 지역이 원산인 고추, 토마토, 감자도 16세기 말이면 이 땅에 들어와 17세기부터는 식량으로 널리 활용됐다.

우리 식물이 유명해져 중국으로 가기도 했다. 당나라에서 잣은 신라의 것을 최상품으로 취급했고, 통일신라의 인삼과 천마는 황제에게 올리는 귀한 선물이었다.

그러나 교류도 지나치면 문제가 된다. 현대의 상업적

보령시 청라면의 자주감자 꽃.
남아메리카 안데스가 원산지이며
안데스에는 감자의 종류가 1천 종이 넘는다고 한다.

강진군 백운동의 차밭. 차나무 잎은 맛이 달고 쓰며, 성질이 차고 기운을 내리게 하여 마음을 맑게 한다.

경복궁의 밀. 아프가니스탄과 캅카스가 원산지이나 서기전 1만~1만 5000 년경부터 재배를 시작한 세계적인 식량작물이다.

인 대량생산과 자본주의 무역은 작물의 유전적 다양성을 크게 떨어뜨리고 있다. 다양함은 사라지고 세계인의 주식은 옥수수, 쌀, 밀, 감자 등 몇 종에 집중됐고, 한 종 안에서도 대량생산에 적합한 품종만 적극적으로 생산하면서 인류는 다양한 재래종을 아예 잃어버릴 위기에 처했다. 이제 보통사람들도 예전의 왕보다 더 풍족하게 먹을 수 있지만 밥상 식물의 유전적 빈곤은 오히려 심화된 것이다.

유전적 다양성이 낮아지면서 기후변화도 단순히 기후만의 문제가 아니다. 대량생산을 위한 단일 식물의 대단위 인공재배 환경은 기후변화와 맞물린 기상변화나 병해충에 대응할 능력을 감소시킨다. 기후변화에 더 심각한 피해를 초래하고, 재앙 가능성이 높아진 것이다. 지구의 생명과 문화가 이어지는 밥상이 위기를 맞은 것이다. 밥상의 위기는 곧 우리 생명의 위기이다.

밥상에 오르는 식물은 우리의 에너지원이자, 건강을 지켜주고 질병을 고쳐주기도 한다. 『동의보감』은 밥상에 오르는 식물 대부분이 우리 몸을 치유할 수 있는 귀중한 약재의 역할도 한다고 강조한다. 오곡백과 모두 효능을 가지고 있음은 물론 쌀밥이나 흰죽도 위장을 편하게 하고 살찌게 하며, 속을 따뜻하게 하고 이질을 멎게 하며, 기를 더하여 답답한 것을 없애준다고 한다. 하다못해 창고에 오래 묵힌 쌀도 미음을 쑤어 마시면 설사를 멎게 하고 오장을 도와준다고 한다. 『동의보감』은 배추, 무, 가지, 미나리, 부추, 상추 등 122종의 채소와 여타 식물 267종의 효능을 일일이 나열하며 풍부하게 소개하고 있다.

'밥이 보약이다'라는 말이 내려오고 '감기는 밥상머리에 내려앉는다'는 속담이 있지만, 실제 우리는 밥상에 오르는 식물들에 대해 진지하게 생각해볼 필요가 있다. 『동의보감』에 나오는 쌀밥이나 흰죽의 효능이 현대인의 시각으로는 이해가 잘 되지 않는 경우도 있을 수 있다. 하지만 속이 거북할 때 흰죽을 먹으면 속이 편해지고 원기가 회복되는 것을 느낄 수 있다. 인류는 수 대

참깨. 원산지는 아프리카 열대 또는 인도이며 아라비아 상인이 중국에 전파하고 다시 우리나라에 들어왔다. 씨를 볶거나 기름을 짜서 먹으며 약재로 쓰기도 한다.

에 걸쳐 식물의 이런 치유 효능을 경험하고 또 기록해왔다.

그렇다면 식물은 어떻게 우리에게 에너지를 주는 것은 물론 치유 효과까지 발휘할까. 식물이 치유 물질을 만들어내는 것은 에너지를 생산해 힘차게 살아가는 것만 아니라 다른 생물과의 관계도 잘 풀어가야 하기 때문이다. 다른 생물이 좋아하는 물질을 생산해 나의 번식에 도움이 되게 하거나, 해가 되는 생물은 싫어하는 물질을 만들어 물리치는 것이다. 그런데 진화적으로 보면 복잡해지는 경우도 있다. 즉 물리칠 물질을 만들었는데 오히려 거기에 적응해 좋아하게 되는 것이다. 이렇게 되면 생물은 둘만의 관계를 이어가며 서로 진화하게 된다.

서로 다른 계통으로 발전된 이런 다양한 관계는 오늘날 우리에게 오묘하고 찬란한 생물다양성을 보여주고 있다. 인류는 다양한 발전계통의 숲을 이리저리 가로지르며 자신의 건강을 지키고 질병을 치유하는 데 온갖 물질을 이용하고 있다. 우리는 인류의 진화계통뿐 아니라 다른 진화계통의 물질까지 이용하며 진화경관을 가로지르고 있는 것이다. 우리는 우주로 연결되어 있고, 결국 작은 밥상일지라도 우주로 통하는 터미널이 된다.

인류는 자신만 자연을 향유하고 모든 것을 종말에 이르게 해서는 안 된다. 자기만 좋고 다른 것은 무시해도 되는 생명은 없다. 생명은 서로 의존해서만 살아갈 수 있기 때문이다. 인공지능의 시대를 대비하기 위해선 인류의 고유한 상상력을 키우는 것을 넘어 인류가 상상하기 어려운 것도 생각할 수 있는 능력을 키워야 한다는 말이 있다. 인공지능과 인류의 관계가 우리의 상상을 초월할 것으로 보이기 때문이다. 이는 인공지능 시대에만 국한되는 이야기가 아니다. 자연과 인류의 관계에서도 자연을 제대로 이해하기 위해서는 인간을 기준으로 사고하는 습관에서 벗어나 나무나 물의 상상력까지도 습득해야 할 것이다.

은고개의 생강나무 꽃. 이른 봄 산에서 노랗게 핀 꽃을 볼 수 있으며 작은 가지의 껍질을 벗기면 생강 냄새가 나서 생강나무라고 한다. 강원도에서는 동백나무라고도 한다. 산수유 꽃과 비슷하지만 꽃자루가 없다.

지금처럼 자연을 왜소하게 만들면 인류도 왜소해질 수밖에 없다. 더구나 현대는 환경오염에 따른 발암물질, 중금속, 환경호르몬 등의 농도가 높아졌는데 식물에 포함되어 있는 식이섬유가 이러한 물질을 잡아서 대변으로 배출시켜준다고 한다. 자연을 황폐화시키는 인간 사회의 힘이 커질수록 그만큼 자연의 건강을 유지시키고, 밥상에 오를 식물의 다양성을 높이도록 노력해야 한다고 본다. 다행히도 요즘 뜻있는 요리연구가들이 이런 문제의 심각성을 알고 식물 위주의 다양한 먹을거리를 개발하려는 움직임이 일고 있다.

　　나무는 풀보다 더 오래 살기 때문에 더 많은 환경변화를 겪고 더 다양한 병해충을 경험하게 된다. 그러다 보니 더 다채로운 물질을 품고 있다. 이런 나무의 순이나 어린잎을 먹을거리로 다양하게 개발하면 좋을 것이다. 이미 구기자나무나 다래의 순은 그 독특한 미감으로 많은 사랑을 받고 있다. 지방에 따라서는 생강나무의 어린잎도 나물로 먹거나 장아찌를 만들기도 하고,

튀각이나 쌈으로 먹기도 하며, 전을 부치거나 차로 마시기도 한다. 느티나무, 느릅나무, 시무나무 잎은 예전에 먹을 것이 부족할 때 양을 불리기 위해 떡에 넣어 같이 쪄 먹기도 했다.

할머니들이 산에서 뜯어와 시장에서 홋잎나물이라고 파는 것은 화살나무냐, 회잎나무냐 논란이 있지만 어느 것이든 무방하다. 화살나무(*Euonymus alatus*)는 줄기와 가지에 2~4줄의 날개가 뚜렷하게 발달하여 화살 같은 모양이라고 그런 이름이 붙었다. 날개가 없는 회잎나무(*Euonymus alatus* for. *ciliatodentatus*)도 학명에서 보는 바와 같이 화살나무와 품종(for.) 수준에서만 다르기 때문에 큰 차이가 없다. 생물학자들이 종 수준은 고사하고 변종 수준의 차이도 되지 않을 때 품종으로 분류한다는 사실을 참고하면 좋을 것이다. 이들을 섞어 먹으면 항암 효과가 있다는 민간의 구전도 기억해둘 만하다. 나아가 이들은 아담한 떨기나무로 자라고 단풍이 곱게 들기 때문에 집 주변에 심어놓으면 색다른 호사도 누릴

서울시 신림동의 천연기념물 제271호 굴참나무 열매 도토리. 낙엽이 지는 참나무는 모두 6종류인데 굴참나무를 비롯하여 상수리나무, 졸참나무, 갈참나무, 신갈나무, 떡갈나무가 있다.

▲가시가 마주나는 초피나무
▼가시가 어긋나는 산초나무

수 있다.

　매운탕과 김치에 향미료로 쓰는 산초나무와 초피나무도 모양이 비슷해 많은 사람들이 혼동한다. 하지만 산초나무(*Zanthoxylum schinifolium*)는 가지에 가시가 어긋나게 분포하고, 초피나무(*Zanthoxylum piperitum*)는 턱잎이 변한 가시가 잎자루에 바짝 붙어 마주난다는 사실을 알면 쉽게 구별할 수 있다. 그런데 민간의 이용 부위는 미묘한 차이가 있다. 산초나무는 종자껍질은 물론 종자도 먹는다. 하지만 초피나무의 경우 종자껍질은 산초나무보다 좋아하면서도 종자를 먹는 경우는 드물다. 경상도에서는 종자를 갈아서 구충제로 쓸 뿐이다. 또한 초피나무의 잎은 특유의 향기가 있어 어린잎을 음식재료로 쓰기도 하고, 나무껍질은 찧어 냇가에 풀어 물고기를 잡는 데 쓰기도 한다. 그런가 하면 산초나무는 종자로 짠 기름이 유명하다.

　한편 가죽나무와 같이 세월이 흐르면서 안 먹던 것

가죽나무 잎과 열매. 소태나무과 나무로 예전에는 쓴맛이 강해서 먹지 않았으나 요즘은 새순을 나물로 먹는다. 고기와 커피를 즐기는 현대인은 쓴맛의 매력을 점차 즐긴다.

을 먹기도 한다. 참죽나무(*Cedrela sinensis*)는 새순이 향기롭고 맛있어 연한 순을 따 날것으로 무침도 하고 고추장에 무쳐 튀김도 만들어 먹는다. 참죽이란 대나무처럼 순을 먹는다 하여 붙여진 이름이다. 가죽나무(*Ailanthus altissima*)는 먹을 수 있는 참죽나무가 아니라는 뜻이다. 이창복은 『수목학』에서 "본래 죽나무(참죽나무)와 비슷하므로 가죽나무라고 하였지만 어느덧 가중나무(假僧木)의 뜻으로 변했다"고 한다. 이우철은 『한국 식물명의 유래』에서 가죽나무는 가중나무의 다른 이름으로 "참중나무의 순은 절의 스님들이 튀김을 만들어 먹는 데 비해 이 나무의 순은 먹을 수 없다는 데서 가짜 중나무라는 뜻"이라고 했다.

참죽나무는 멀구슬나무과에 속해 향기가 있지만 가죽나무는 소태나무과에 속해 쓴 물질이 들어 있어 먹지 않았던 것이다. 그러나 최근에는 가죽나무의 잎도 사람들이 제법 좋아한다. 오히려 튀김은 참죽나무보다 가죽나무의 순이 더 좋다는 사람도 있다. 아마 요즘에는 기름진 고기를 많이 먹으니 커피를 좋아하는 것처럼 오히

참죽나무 잎과 열매. 멀구슬나무과의 나무로 가죽나무와는 집안이 달라 열매 모습이 사뭇 다르다. 예로부터 새순을 따서 장아찌를 담그고 나물로도 많이 먹었다.

려 쓴 성분에서 색다른 맛을 느끼는지도 모른다.

이렇듯 나물 하나에도 변화무쌍한 자연이 담겨 있고, 인간 역사의 흐름이 이어진다. 생물이란 남을 먹으며 나의 생명을 이어가는 존재라는 것을 생각할 때, 밥상은 죽음과 삶을 순환시켜주는 자연의 심장이요, 옛사람과 같이 호흡할 수 있는 역사의 허파라고 할 수 있다. 그러므로 오늘 내가 먹는 것을 귀하게 여기면서 내 몸으로 온전히 받아 살려내야 한다. 함부로 음식 쓰레기로 버린다면 당장 내가 그 피해를 보지 않더라도 우리 자손들은 반드시 그 화를 당하게 될 것이기 때문이다.

3. 치유

삶의 상처를 미워하지 말자. 나무도
자라기 위해서는 껍질이 터질 수밖에
없다. 나의 상처는 내가 살아가고 있다는
증표이다. 나무를 어루만지며 나무를
배우듯이 상처를 미워할 것이 아니라
상처를 어루만지며 상처로부터 배울 수
있다면 우리 삶은 훨씬 윤택해질 것이다.

산림치유에 대한 이야기에는 많은 사람이 관심을 보인다. 현대사회가 우리에게 각종 스트레스를 많이 안겨주고 있기 때문일 것이다. 현대사회에서는 전문화가 깊숙이 진행되어 하늘과 땅 사이 삶의 총체성을 느끼지 못한 채 직업적 공간에 격리되어 일을 하면서도 그 일이 나의 삶에 어떤 의미를 가지는지 생각할 겨를도 없이 사람과 사람 사이의 정을 느끼기보다는 남보다 앞서야 살아남을 수 있다는 분위기가 용수철처럼 우리를 팽팽하게 긴장시키고 있다. 이 말의 혼란스러움에서 우리가 받는 압박이 얼마나 뒤죽박죽인지 느낄 수 있다. 그러니 도시의 직업공간을 떠나 산과 나무를 보는 것도 즐거운 일인데 치유까지 된다니 눈을 반짝이며 산림치유 이야기에 귀를 기울이는 것이다.

이런 추세에 힘입어 전국 곳곳에 산림치유원과 치유의 숲이 들어서고 있고, 산림치유지도사 자격증을 취득하려는 사람들이 산림치유지도사 양성과정에 몰려들고 있다. 그런데 이런 과정을 지켜보자니 그 나름의 이유와 필요성을 짐작하면서도 한편으로는 현대사회의 한

계와 병폐를 그대로 안고 간다는 안타까운 느낌도 지울 수가 없다. 도시에서나 볼 수 있는 현대식 건물과 시설이 산에 들어오고, 산림치유지도사가 되기 위해서는 의학 및 한의학, 간호학, 심리학, 산림과학 등 수많은 전문 분야의 내용을 공부해야 한다. 구체적으로 살펴보면 산림치유지도사 2급이 되기 위해서는 보건학개론, 환경성 질환론, 생활습관성 질환의 이해, 생리검사와 평가, 인체생리학, 산림의학개론, 산림치유자원론, 치유식물응용론, 산림지형 및 기후의 이해, 산림치유 레크리에이션, 산림스포츠의 이해, 산림치유 프로그램 활동지도, 응급처치, 산림치유 법규 및 행정, 산림치유 시설계획, 안전교육 및 안전관리, 자연대체의학, 자연과 생명윤리, 산림생태학, 수목학, 산림휴양학, 커뮤니케이션 이론 같은 과목을 공부한 뒤 시험에 통과해야 한다. 과연 이런 복잡한 전문 영역을 아는 척한다고 진솔한 치유에 도움이 될까?

사람들이 병원의 치료보다 산림치유에 더 매력을 느

느티나무 줄기. 오래된 겉껍질은 터져서 상처가 아물듯이 떨어져 나가고 새 껍질이 자라나 다시 나무를 지탱한다.

끼는 이유 중에는 자신의 건강을 스스로 이해하고 결정할 수 있다는 장점도 있다. 병원에서는 깊은 지식을 쌓은 전문의가 으리으리한 의료기계로 진료를 하니 병원의 처방을 무조건 따라야 할 것 같다. 그럴듯해 보이는 전문용어와 알아보기 어려운 글씨는 주술 효과까지 발휘하며 환자를 수동적인 상태로 묶어 놓는다. 하지만 산림에서는 나의 몸과 마음이 나의 결정권 안에 놓여있다. 숨이 차도 이유를 안다. 그동안 산에 얼마나 안 왔는지 후회하는 경우에는 더 자주 오겠다는 다짐을 한다. 길게 이어진 가파른 언덕을 올라왔기 때문에 숨이찬 경우에는 스스로 흡족한 마음이 된다. 처음에 찌뿌둥했던 몸도 숨을 몇 번 몰아쉬다 보면 가벼워진다. 그래서 산에 가보면 "집에서 나오기가 어렵지 산에 오면 이렇게 좋은걸"이란 말을 숲에서 지저귀는 새들의 노래처럼 쉽게 들을 수 있다.

사실 고대부터 사람들은 나무나 산수경관을 이용하

소백산의 희방폭포. 산에서 흐르는 물은 하늘에서 내린 물이다. 초겨울, 아직 얼지 않은 하얀 물줄기가 메마른 마음을 잠시 적셔준다.

여 많은 문제를 해결해왔다. 종교학자 정진홍은 태백산 신단수 아래에서 사람이 된 곰을 이야기하며, "땅 위에서의 삶의 척박함, 그래서 불가능한 완전한 삶에의 꿈이 하늘로 치솟아, 그것을 헤아려 땅으로의 하강을 의도하는 신의(神意)와의 만남을 이루어 사람답고 삶답기를 이루려는 기원, 해답에의 출구를 찾아 거기에서 더 이상 문제없음을 살고 그렇게 사는 사람의 끝없는 되태어남을 기원하는 간절함, 그것이다"라고 하였다(최정호, 『산과 한국인의 삶』, 43~44쪽).

우리는 다산 정약용과 추사 김정희가 말도 안 되게 억울한 유배를 당해서도 산수경관과 함께하며 몸과 마음을 치유하고 대업을 이루어낸 사실을 잘 알고 있지만, 사실 이것은 조선 선비들의 한 문화를 이루었다. 조선시대 산수 간에 은거하면서 학덕을 쌓은 사람들은 산림(山林)이라 불리며 과거를 통하지 않고도 큰 영향력을 발휘하였다. 우리의 고전 『산림경제』나 『임원경제지』도 선비들이 민간에서 몸과 마음의 건강을 유지하는 데 필요한 것들을 모아 놓은 책이다.

백두대간 줄기. 덕유산에서 바라보는 우리의 산은 끝없이 이어진다.

소백산의 겨울. 굽이굽이 이어지는 백두대간 줄기의 산도 나무도 차갑기만 한 겨울을 이기고 있다.

우리나라 사람들이 세계적으로 유례가 없는 백두대간이란 개념을 지키고자 하는 이유도 백두대간이 우리의 기를 살려주고 스트레스를 날려버리며 우리의 건강을 지켜줄 것이라고 기대하기 때문일 것이다. 우리의 선조들이 백두대간을 중요하게 생각한 것도 백두산에서 내려오는 기가 백두대간과 정맥들을 통해 전국 방방곡곡으로 이어져 우리의 가족과 후손들을 건강하게 지켜줄 것이라고 믿었기 때문이다.

치유 정신은 우리 역사의 시작부터 함께하였고, 우리 땅 곳곳에 스며들어 있다. 치유는 심오한 것이 아니다. 오히려 평범한 것 속에서 지혜를 구해야 할 것이다. 우리 혈액의 염도는 바닷물과 닮았고, 우리 몸의 구성 물질은 흙에서 난 것이며, 영양물질의 전달은 확산이라는 물리적 현상에 크게 의존하고 있다. 산소를 잘 흡수하기 위해 진화된 허파는 나무의 모양을 닮았고, 면역 계통에도 수지상(樹枝狀) 세포들이 깔려 있다. 우리의 건강이 우리 삶의 표정이자 살아가는 힘의 바탕이라면 산림치유를 위해서는 심오한 것보다 평범한 것을 잘 읽어낼 수 있는 힘을 길러주는 것이 더 중요할 것이다.

나무와 사람 사이에는 깊은 물음을 엮어낼 것이 많다. 산림치유가 필요한 사람들은 삶의 상처를 지닌 경우가 많은데, 나무의 생장을 잘 관찰하면 치유 이야기는 저절로 나온다. 삶의 상처를 미워하지 말자. 나무도 자라기 위해서는 껍질이 터질 수밖에 없다. 나의 상처는 내가 살아가고 있다는 증표이다. 나무를 어루만지며 나무를 배우듯이 상처를 미워할 것이 아니라 상처를 어루만지며 상처로부터 배울 수 있다면 우리 삶은 훨씬 윤택해질 것이다. 고통도 살아 있다는 증거이다. 가장 편한 자세가 누워 있는 것이지만 우리가 누워만 지내면 소화불량이나 등창은 물론 온갖 질병이 다 찾아온다. 우리 속담은 "누운 나무에 열매 안 열린다"고 말한다.

나무는 숲에 각자 따로 서 있는 것 같지만 살아내기 위해 서로 의존하고 있다. 우리도 각자 살아가는 것 같

굴참나무. 굵은 굴참나무의 줄기에 패인 코르크 수피가 하늘을 향한 나무의 역동성을 느끼게 한다.

보령시 청라면의 봄 풍경. 모내기를 마친 논에 마을과 하늘이 함께 담겨 있다.

지만 우리의 이름은 누가 붙여준 것인가? 더구나 나의 이름이지만 남이 불러주어야 이름값을 할 수 있다. 서로 어울려야 건강하다. 노인 건강의 가장 큰 적은 고립이라고 한다. 젊은이들도 도움을 받지 못하면 자살 유혹에 휘둘리기 쉽다. 치유의 핵심은 공감과 도움을 이끌어낼 수 있는 능력이다. 하늘과 땅 사이 관계를 읽어내고, 사람과 사람이나 사람과 자연의 어울림을 느낄수 있는 능력을 배양해야 할 것이다.

하늘을 꿈꾸는 산, 땅을 빛내는 물, 그 사이에 나무가 자라는 마음이 있다. 우리가 의식하지 못하는 경우가 많지만 산을 볼 때는 늘 하늘을 같이 보게 된다. 즉 산에는 늘 하늘빛이 어리어 있는 것이다. 또한, 산에는 늘 물이 흐른다. 이 물이 내려와 대지를 적시며 나무를 키워 땅을 윤택하게 만들고 온갖 생물을 키워 땅에 빛을 준다. 우리는 이 사이에서 살아간다. 우리의 마음에는 나무가 자란다.

산고수려(山高水麗)한 땅, 산줄기가 굳건하게 이어지

백두대간 능선의 고사목. 생명을 다해 능선에 위태롭게 서 있지만 이 나무에서 떨어져 나가는 최후의 부스러기들조차 새로운 자양분이 되어 봄 숲을 살찌게 한다.

고 물길이 곱게 빛나는 땅에서 살아온 우리 민족은 산수심성(山水心性)을 지니고 있다. 산에 가까이 들어가면 하늘에서 내린 물이 흐른다. 하지만 신기하게도 산의 형세는 산에서 멀어질수록 더 선명하게 다가온다. 산을 가까이에서 보면 초록 식물들이 덮고 있지만 좀 떨어져서 보면 푸른 하늘의 서기가 어리어 있는 듯 성스러운 자세로 솟아오른다. 이렇게 우리의 심성공간을 형성하는 산수경관은 가까이 생동하며 멀리서 믿음으로 우리 마음을 꾸며준다.

원래 이 땅은 어느 골짜기, 어느 봉우리도 치유공간이 아닌 곳이 없다. 그러기에 우리 조상들은 골짜기에는 전설을 이어내고 봉우리에는 형세를 부여하여 땅과 대화를 하며 어려운 역사를 견뎌낸 것이다. 이런 산림에서는 독일이나 일본과 같은 선진국의 치유법을 이어붙이기 전에 먼저 우리나라 온 산림의 건강을 돌봐주어야 할 것이다. 국토가 건강해야 국민이 건강할 수 있다는 평범한 진리가 치유의 기본이 되어야 한다. 하지만 지구촌 시대에 선진 치유 문화와도 어울려야 된다. 니

체의 차라투스트라도 산림에서 아픔을 치유하고 새로운 사상을 전개하였다. 다만 우리나라의 자연환경과 역사에 어울리는 것이 먼저라는 말이다.

산림치유를 위해 건물을 짓고 시설을 배치하여 숲의 어울림을 훼손해 오히려 치유 효과가 줄어든다고 항의를 하는 사람을 종종 본다. 그럴 때는 대개 관계자가 원래 이 자리는 숲이 아니라 과수원이나 농지가 있었기에 훼손한 것이 아니라고 항변한다. 이렇게 서로 옥신각신하는 것을 보면 원효의 화쟁 사상이 떠오른다. 원만한 화쟁을 위해서는 한 차원 높은 이해가 요구되기 때문이다. 물론 관계자의 말은 맞을 것이다. 하지만 치유를 위해 방문한 사람의 주장도 그르다고 보기는 어렵다. 사실관계를 떠나서 방문자는 산림치유를 위한 바람직한 상태를 요구하고 있는 것으로 봐주어야 될 것이기 때문이다.

신라의 고승이 거지들과 같이 춤을 추었다고 사실관계에서 거지들의 잘못이 없을까? 사실은 게을러서 거지가 된 사람도 많았을 것이다. 그러나 이런 사실관계보

시닥나무 새순. 봄날은 만발하는 꽃도 아름답지만 날개를 펴고 비상하는 듯한 시닥나무의 새순도 아름답다.

다는 사회적 모순이 더 크게 다가왔고, 생명의 도도한 흐름의 심연에서 솟아오르는 거지의 성스러움이 느껴지기 때문에 무념무아(無念無我)의 상태에서 한 춤사위로 어울리지 않았을까?

이 세상에서 남에게 빌어먹지 않는 생물은 없다. 모든 생물은 하늘과 땅 사이에서 빌어먹고 있다. 생태학적으로 스스로 에너지를 합성한다고 자가영양(自家營養) 생물이라고 이름을 붙인 나무도 사실은 태양에너지와 지구의 물질을 빌어먹고 사는 것이다. 인간은 의존도가 훨씬 심하다. 이런 견지에서 보면 부자도 자신의 재물을 사회에 순환시키지 않는다면 빌려온 것을 썩히고 있는 것이다. 그런데 거지는 떨어진 밥풀 하나라도 소중히 여기는 성스러운 자세를 지니고 있는 것이다. 거지가 의식하고 못하고는 문제가 아니다. 성자의 눈에는 그렇게 보이는 것이다.

빌어먹으면서도 온누리를 오염시키고 있는 현대 인류가 거지의 성스러움을 이해하지 못한다면 치유란 말은 그냥 사치일 뿐이다. 반면 거지의 성스러움을 철저히 체득한 사람은 치유란 말이 필요 없을 정도로 정신과 육체가 이미 깨끗해져 있을 것이다. 그러니 이웃의 소중함을 알아야 하고, 나에게 도움을 주는 하늘 아래 모든 것에게 고마움을 느낄 줄 알아야 한다. 꼼짝 못하고 병상에 누워 있는 사람조차 다른 생물의 도움을 받고 있다. 그가 호흡하는 공기는 나무가 없다면 누릴 수 없는 혜택이기 때문이다. 이렇게 극단적인 상태에 있는 환자도 다른 생물의 고마움을 느낀다면 이미 몸속에 치유의 힘이 일어날 것이다.

이렇듯 산림치유에 도움이 되지 않는 존재는 없으므로 우리는 이미 훼손된 곳이라고 쉽게 건물을 짓도록 결정하기보다는 국토 전체적인 산림 건강체계를 먼저 구상한 후 숲으로 복원시킬 계통과 산림치유원을 조성할 자리를 조심스럽게 탐색해 나가야 할 것이다. 이런 구상에는 이상기후와 숲의 성장으로 날로 커지고 있는 산불 위험도 고려해야 한다. 숲이 좋기는 하지만 화마의 동태는 우리가 쉽게 가늠할 수 없는 위험이다.

그렇다면 낙후된 농산촌을 이용하는 방안도 좋은 대안이 될 수 있다. 마을도 숲과 그렇게 멀지는 않지만 그래도 숲에 있는 건물보다는 낫기 때문이다. 더구나 피폐한 농산촌을 옆에 두고 아무리 좋은 시설을 산림에 조성한들 좋은 치유를 기대하기는 어려울 것이다. 산림에는 더 좋은 숲을 조성하고 낙후된 농산촌에 산림치유 시설을 도입하여 국가 전체적인 발전을 도모하면 분명 온 국민의 건강에도 도움이 될 것이다. 특히 우리 조상들은 집 주변에 큰 나무를 심지 않고 좋은 햇살을 잘 받아야 건강하게 살 수 있다고 생각하였다.

크게 보면 인류의 진화과정도 우리의 전통을 뒷받침해준다. 수백만 년 전 숲의 나무에서 내려와 들판으로 나오면서 인류라는 이름으로 진화되었다. 이 과정에서 우리는 털을 잃고 피부를 가지게 되었다. 숲이 좋다고 하지만 한 번씩 갈 때 좋은 것이지 거기에서 늘 있으면 어떻게 될지 잘 모른다. 그렇다고 숲에 들어가 있으면서 햇빛을 받으려고 소중한 치유 자원인 나무를 잘라낼 수는 없다.

우리 민족이 반만년 이상 적응해온 이 땅에는 나무에 꽃이 피듯이 산줄기와 물길의 이음새를 따라 농토와 마을이 들어서 있다. 우리의 농업도 긴 역사를 통해 산림에 의존해왔고, 오늘 우리가 보는 숲도 그런 역사의 산물이다. 전국 어디를 가보더라도 산림에 의존하지 않는 농촌이 없고, 농토가 보이지 않는 산림이 없다. 우리는 산림치유와 농업치유가 어울릴 수밖에 없는 역사와 자연환경을 지니고 있다.

봉화군 국립백두대간수목원의 거울연못.
숲의 빛을 담아 짙푸른 연못가에 냉초가 고요히 피었다.

Part 3

지혜로운 자기완성

1. 향기

봄, 여름이 지나야 가을이 익는다. 식물은
봄과 여름에 비축해둔 힘으로 가을을
향기롭게 꾸며준다. 자연이 무르익어
가고 있는 이 가을은 사람이 향기를
발산하려고만 애쓰는 것보다 그저 품고
있는 것이 더 좋다는 것을 느끼게 하는
계절이다.

지난여름 참으로 무더웠고 비도 많이 왔다. 이글거리던 태양 아래 대지의 물을 길어 에너지를 합성해낸 나무들은 다가올 추위를, 또 훗날을 기약하며 씨앗을 준비한다. 그 과일들에서 우리는 향기를 맡는다. 자연이 늘 그러하지만 특히나 우리를 향기롭게 하는 식물이 있다.

라벤더, 레몬밤, 재스민, 캐모마일
제라늄, 일랑일랑, 마저럼, 로즈메리
알로에, 유칼립투스, 샌들우드, 티트리….

서양의 아로마 테라피에 자주 쓰이는 식물 이름을 우리 고유의 시조처럼 나열해봤다. 향기는 이렇게 시적 운율처럼 파동을 타고 온다는 생각에서다. 우리가 향기의 효과를 잘 보기 위해서는 자연의 리듬을 탈 줄 알아야 한다.

사실 식물은 향기를 내뿜는 것이 아니다. 향기를 품

고 있는 것이다. 그러다가 필요할 때에만 향기를 발산한다. 식물이 향기를 생산하기 위해서는 많은 에너지를 소비해야 하기 때문이다. 향기로운 식물이라고 알고 있는 '허브'도 가만히 있을 때에는 향기가 나지 않는다. 건드릴 때 비로소 향기를 풍긴다. 외부의 침입으로 입는 피해를 막기 위한 조치다. 식물은 상처가 나도 향기를 발산한다. 상처에 달려드는 박테리아, 곰팡이의 감염을 막고 신속히 치유하기 위해서다. 산림치유 효과를 발휘한다는 피톤치드도 나무가 동물·미생물의 침입을 막고 상처를 치유하기 위해 뿜어내는 물질이다. 식물이 향기를 내뿜는 이유는 피해 방지와 상처 치유 외에도 벌과 나비를 불러들여 씨앗을 맺고, 그 씨앗을 지닌 열매를 다른 동물이 먹게 해 더 멀리 퍼지게 하기 위해서다. 더 효과적인 생존과 번식을 위해 향기를 내놓는 것이다.

익히 알고 있듯이 식물은 꽃을 피울 때, 열매가 익을 때에도 향기를 풍긴다. 사람이 자식을 낳고 기르는 데

차나무의 꽃. 잎을 차로 쓰는 차나무는 꽃도 향기롭고 달콤한 맛이 나서 차로도 아주 훌륭하다.

칡의 꽃. 너무 잘 자라서 나무를 죽이고 숲을 해치는 덩굴식물로 알려져 있는 칡도 향기로운 꽃을 피우며 숙취해소에 좋은 성분을 가지고 있다.

많은 에너지를 쓰듯이 식물도 씨앗을 맺고 전파시키는 데 엄청난 에너지를 소모한다. 특히 꽃을 피워 향기를 내뿜고 꽃가루와 꿀을 만들어내기 위해서는 더 많은 에너지가 들어간다. 그래서 난초 애호가 중에는 꽃을 적당히 감상하고는 꽃을 따주기도 한다. 향기로운 사과도 다 익으려면 에너지가 너무 소모돼 나무가 쇠약해지고 좋은 과일로 성숙하기 어렵다. 그래서 열매를 솎아주는 적과(摘果)를 하는데, 과수원에서는 일 년 농사 중 큰일에 속한다.

특유의 진한 향기를 품고 있는 향나무도, 특별한 일이 없는 한 향기를 몸속에 꼭꼭 쟁여놓는다. 살아 있는 향나무 옆에 가서 서보자. 향기를 느끼기 힘들 것이다. 죽고 나서 속살이 드러날 때에야 향기를 내놓는다. 이렇게 식물이 향기를 낭비하지 않기 때문에 향료를 얻기 위해서는 압착하거나 수증기로 증류를 해야 한다. 또는 화학용매를 이용해 추출해야 한다. 이렇게 추출한 향료를 정유(essential oil)라고 하며, 아로마 테라피에 이용한다.

이집트에서는 이미 서기전 1,000년 이전부터 식물에서 채취한 고분자 다당류인 검(gum)의 방향성에 주목해 향료로 사용했다. 그리스 로마에서는 고형 상태에서 손에 묻히면 녹는 끈적끈적한 물질이나 액체 상태, 분말 등 다양한 형태로 이용했다. 10세기 중엽에는 압착이나 기름을 이용한 추출법과 함께 아라비아를 중심으로 증류수를 이용한 정유 추출법이 개발되고, 제조량이 비약적으로 증가한다. 이때 생산된 향료가 십자군에 의해 유럽으로 반입돼 귀부인들 사이에 퍼져 나갔다. 12세기 프랑스에서 향료로 쓴 로즈메리는 증류법으로 생산된 초창기 정유인데, 서양에서는 이미 17세기 초에 오늘날 알려진 정유의 대부분을 이용했다(한국산림치유포럼 역, 『산림치유』).

그런데 이런 향기를 맡을 수 있는 후각기능은 훨씬 오래전에 진화했다. 인류의 조상들은 진화과정에서 살아남기 위해 먹을 수 있는 것의 냄새와 위험한 물질의 냄새를 구별해야 했다. 이런 진화과정을 거치면서 먹을 수 있거나 몸에 유익한 것은 좋은 냄새로, 몸에 해로운 것은 나쁜 냄새라는 인식이 굳어졌을 것이다. 이런 오랜 진화과정을 거치면서 후각기능은 우리 몸의 활력을 높이는 작용을 하게 되었다. 식물의 방향 성분은 후각이나 피부를 통해 몸 안에 흡수되면 신경조직·호르몬·인체 내부의 생리에 영향을 미쳐 대사를 원활하게 하는 데 도움을 준다.

정유는 천연물이긴 하지만 농축되어 있기 때문에 독하거나 몸에 해로운 경우가 있다. 사람에 따라 알레르기나 독성이 달리 나타날 수도 있다. 정유 원액은 반드시 희석해 아주 약한 농도로 만들어 써야 한다. 피톤치드도 산림에서 아주 연하게 퍼져 있기 때문에 사람의 건강에 도움이 되는 것이지, 정유처럼 농축시키면 독극물이 된다. 아로마 테라피와 같이 피부에 적용할 때에는 스위트 아몬드 오일(sweet almond oil), 호호바 오일(jojoba oil)처럼 안전하고 대부분의 피부에 잘 흡수되는

청송군의 사과나무의 열매 사과. 상큼한 향을 품은 사과는 향기와 맛으로 오랫동안 인류를 사로잡아 세계적으로 가장 번성한 나무 중 하나가 되었다.

캐리어 오일(carrier oil)을 써서 1~5%로 희석한 뒤 사용한다.

아로마 테라피에 사용되는 식물은 대부분 멋진 이름을 갖고 있다. 로즈메리(rosemary)의 경우 'rose'를 보고 장미와 연관시키기 쉽지만 라틴어로 'Ros Marinus', 즉 '바다의 이슬'이란 뜻이라고 한다. 로즈메리의 학명은 *Rosmarinus officinalis*인데, 속명은 '바다의 이슬'이란 의미이고, 종소명 'officinalis'은 '약효가 있다'는 뜻이니 훌륭한 향료임에 틀림없다.

그러나 로즈메리도 주의해 써야 한다. 그 향기는 두통을 가라앉히고 기억력과 집중력을 높이며, 소화기능을 향상시키고 위의 통증을 감소시키는 것으로 알려져 있다. 하지만 혈당 상승과 인슐린 반응억제 작용도 있어 당뇨병이나 류머티즘성 관절염 환자에게는 좋지 않을 수 있다(한국산림치유포럼 역, 『산림치유』). 정유 성분은 몸의 상태에 따라, 그리고 사람에 따라 효과가 다르게 나타날 수 있으므로 인체에 사용할 때 세심한 주의가 필요하다.

아로마라는 말 때문에 향기만 효과가 있다고 생각하기 쉽다. 하지만 후각뿐 아니라 촉각, 시각 기능도 함께 고려하면 더 좋은 효과를 볼 수 있다. 더구나 우리 인간은 원래 후각기능을 중시했지만 진화과정에서 시각기능을 더 중요하게 처리하게 되었다. 우리의 오감은 서로 연결돼 작용할 때 더 원활하고 확실한 효과를 보여주는 경향이 있어서다. 음식도 맛이라는 말 때문에 미각만 강조할 수 있지만 식사 때는 후각기능이 강화돼 음식의 맛을 더 확실히 느끼고, 식사가 끝나면 후각기능이 약해진다고 한다. 어머니의 손맛에는 어머니의 체취도 포함돼 있는 셈이다.

아로마라는 말은 향기뿐 아니라 품격, 기품이란 의미도 내포하고 있다. 효능만 생각하고 사용하기보다는 품격을 생각하면서 사용할 때 더 바람직한 효과를 볼 수 있을 것이다. 향기를 이용할 때에도 후각기능뿐만 아니라 운율의 파동을 탈 수 있는 청각기능, 아름다운 색깔을 바라보는 시각기능, 감미로운 맛을 느낄 수 있는 상

광교산의 누리장나무 꽃. 꽃이 많이 없는 늦여름 숲속에서 강한 향기가 난다면 대개 이 나무가 있다. 꽃봉오리와 가지를 약재로 이용한다.

상력까지 연결시키면 자연과 더 깊숙이 연결될 수 있을 것이다. 우리 조상들은 오래전부터 솔잎의 향을 이용해 송편을 쪄 맛을 더하고 상하지 않게 하는 효과도 보았다. 둥근 달을 닮은 송편은 한가위 차례상의 품격도 높여준다.

샌들우드는 인류의 오래된 종교행사에 중요하게 이용돼 온 향료로 유명하다. 우리나라에서도 단향(檀香)이라는 이름의 약재로 오래전부터 활용했다. 『동의보감』에서는 백단향과 자단향을 나누어 설명한다. "백단향은 성질이 따뜻하고 맛은 매우며 독이 없다. 열로 부은 것을 가라앉히고, 신장계통이 좋지 않아 배가 아픈 것을 치료한다. 또 명치가 아픈 것과 위장의 문제 등을 해결할 수 있다"고 적었다. 그러나 "모든 향은 화(火)를 일으키고 기(氣)를 소모시키니 경솔하게 복용해서는 안 된다"고 경고한다.

동양에서는 향기를 정신적인 차원으로 연결시켜 생

각하는 경향이 강하다. 또 몸을 치유할 때에는 뭉근하게 끓는 물에 우려내 사용하는 탕액을 주로 활용했다. 그래서 향료도 주로 탕액으로 활용하도록 처방하는 경우가 대부분이었다. 물론 단옷날 창포물로 머리를 감은 것처럼 민간에서는 간편하게 이용하기도 했다. 일본에서는 식물 잎을 욕탕에 넣어 방향욕(芳香浴)을 즐기는 오목팔초탕치풍여(五木八草湯治風呂) 전통이 내려온다. 오목은 매화·복숭아·뽕나무와 버드나무, 삼나무(회화나무나 꾸지나무를 쓰기도 한다)를 말하고, 팔초는 창포·쑥·질경이·연꽃·도꼬마리·인동·마편초·별꽃을 이른다(한국산림치유포럼 역, 『산림치유』).

아로마로 유명한 식물만 좋은 향을 풍기는 것은 아니다. 산에 가면 흔히 볼 수 있는 생강나무도 꽃은 물론 잎과 줄기에서도 좋은 향이 난다. 나무를 감고 올라가 덮어서 결국 죽인다고 나무를 죽이는 나쁜 식물이라고 생각하는 칡넝쿨도 마치 하늘을 염원하는 자세의 향기로운 꽃을 피워올린다. 더구나 이 꽃은 숙취를 해소해

두타산의 구절초. 고산 능선의 빛을 잘 받는 바위틈에 하얗게 피어난 구절초의 향기는 더욱 진하다.

술 냄새를 가시게 하는 효능도 있다.

사실 우리는 늘 향기에 둘러싸여 있다. 빵 굽는 냄새가 좋아 빵집 앞을 서성이는 사람도 있고, 밥 냄새를 먼저 맡고 행복에 겨워하는 사람도 있다. 커피나 녹차도 그 나름의 풍미를 선사한다. 나물을 다듬을 때 나는 향기는 얼마나 다채로우며 손에 밴 냄새는 얼마나 오래 가는가. 차례상에 과일을 놓을 때도 과일 향은 내 손에 묻어나고 내 몸에 스며든다.

한가위 성묫길에 코스모스가 한들한들 흰 구름과 어울리며 향을 풍기고, 구절초는 파란 하늘에 안겨 미소를 짓는다. 맑은 하늘이 드높은 이 가을에는 구름도 올려다볼 줄 알아야 더 향기로운 사람이 될 수 있을 것이다. 구름골풀, 구름국화, 구름꽃다지, 구름꿩의밥, 구름떡쑥, 구름범의귀, 구름병아리난초, 구름사초, 구름송이풀, 구름오이풀, 구름제비꽃, 구름제비란, 구름체꽃, 구름패랭이꽃, 흰구름국화…. 우리는 이미 구름과 어울리는 야생화의 이름을 많이 가지고 있다.

석병산의 백리향. 중앙아시아와 몽골에서는 흔한 식물이지만 우리나라에서는 석회암지대에 주로 분포한다. 향기가 매우 짙어 백리를 간다고 백리향이란 이름이 붙었다.

벌과 나비가 꽃을 찾아 날아다니듯 우리 사람도 꽃의 향기를 탐한다. 꽃의 아름다움 때문이기도 하지만 향기에 이끌리는 우리의 성향은 사실 훨씬 깊은 곳에서 유래한다. 인류는 오랜 세월 진화해오면서 꽃이 피어 있는 곳은 먹을 것이 나올 자리라고 기억해 두어야 한다는 것을 알았기에 꽃향기에 이끌리는 것이다. 이런 공부를 하다 보면 살랑거리는 꽃의 향기도 좋다. 하지만 지구 생태계의 기초를 지탱하는 식물을 매개로 하여 벌과 나비와 인류가 같은 몸짓을 한다는 것에 더 깊은 감동을 느낀다. 어디 화초뿐이랴. 식물이 가꾸는 이 대지와 흰 구름이 여유로운 파란 하늘 아래 우리가 살고 있다는 것은 얼마나 큰 기쁨인가.

파란 하늘은 꽃이 피고 열매가 익기 좋을 뿐 아니라 사람들에게 생기를 돌게 한다. 이렇게 서로 어울리다 보니 이 땅에 같이 살고 있는 생물은 모두 친하게 되었고, 그래서 우리는 풀 향기라는 말만 들어도 유쾌한 기분이 드는 것이 아닐까? 생물 진화의 멀고 먼 동굴에서 퍼져 나오는 진중한 울림을 생각하면 우리가 향기를 맡을 때 왜 몸이 고동치는지 이해할 수 있다. 자연을 사랑하고 이름 모를 풀에서도 깊은 감성을 느낄 수 있는 사람은 그대로 향기롭다.

봄, 여름이 지나야 가을이 익는다. 식물은 봄과 여름에 비축해둔 힘으로 가을을 향기롭게 꾸며준다. 자연이 무르익고 있는 이 가을은 사람이 향기를 발산하려고만 애쓰는 것보다 그저 품고 있는 것이 더 좋다는 것을 느끼게 하는 계절이다.

함백산의 꽃개회나무. 6월 초 정상으로 가는 길 능선에는 유난히 향기로운 꽃이 피는 나무가 많다. 라일락이라고도 하는 수수꽃다리와 사촌지간인 꽃개회나무의 짙은 향기는 지친 마음을 잠시 황홀하게 해준다.

2. 진화

생태계에서는 너 없이 내가 살아갈 수
없기에 나만 중요한 것이 아니다.
높은 산벼랑 위의 낙락장송도 미생물의
도움을 받아 클 수 있었다.
나무는 곰팡이와 공생하지 않으면 대부분
제대로 자랄 수 없다. 진정으로 소중한
것은 내가 아니라 너다.

대나무는 풀인가 나무인가? 대나무는 벼과 식물로, 나무처럼 보이지만 해마다 자라게 하는 형성층이 없다는 이유로 풀로 분류된다. 대다수의 식물 전문가들이 이렇게 판정했고, 상당수 일반인들도 그렇게 수용하는 것으로 보인다. 그럼에도 대나무는 여전히 나무로 쓰인다. 대나무는 크지만 가볍고 단단하기에 신속하고 간편한 건축물을 조성하는 데에는 최상의 재료다. 열대지방에서는 건축재뿐 아니라 생활용품의 재료로도 다양하게 이용되고 있기에 이에 대한 연구가 매우 활발히 이루어지고 있다.

물론 학술적으로 정의를 엄정하게 하는 것은 학문 발전의 기초를 다진다는 의미에서 중요하다. 하지만 학문 발전을 위해 정의를 놓고 갑론을박 따지고만 있는 것도 문제가 있다. 생물 진화도 종이 변할 수 있기 때문에 일어나는 것이다. 하지만 때때로 너무 종에 집착하다 보니 종을 고정불변의 대상으로 보는 문제도 발생한다. 이러한 오류를 늘 경계한다고는 하지만 지식체계를 고

꿩의비름과 나비들. 물가에 핀 꽃에 나비가 찾아든다. 꽃과 나비가 가장 행복한 때이다.

정시켜 안정을 취하려는 인간의 습성은 생각보다 깊다. 필자 역시 같은 잘못을 범했다.

　과거 숲을 좋아하는 사람들은 "인류가 숲에서 진화했기 때문에 우리는 본능적으로 숲을 좋아하게 되어 있다"는 주장을 곧잘 펼쳤다. 한 세미나에서 만난 발표자도 같은 요지의 주제발표를 했다.

　인류 진화에 관심을 갖고 공부하던 필자는 여기에 동의할 수 없어 발표자에게 물었다. "인류의 진화는 숲에서 벗어나서 직립보행을 한 것에서 출발점을 찾고 있는데, 어떻게 인류가 숲에서 진화를 했다는 말입니까?" 우물쭈물 답변을 하던 그분은 그날 저녁자리에서 "솔직히 그때 머리를 한 방 맞은 것 같았다"고 하면서 "말로는 당신이 맞지만, 나는 지금도 나무를 안으면 고향을 느낀다"라고도 했다.

　그분의 진심을 느낀 필자는 그 후 오래 생각한 결과 필자 역시 인류란 종의 진화에 불변성을 덮어씌우는 잘못을 저질렀다는 것을 깨달았다. 인류 역시 미생물 시

상주시 낙동강변의 가을. 인류 문명의 출발점에는 벼과 식물이 있었다.

대부터 파충류, 포유류 시대를 거쳐 온 진화의 역사를 품고 있다. 특히 포유류 진화의 초기에는 나무에 의지해 덩치가 크고 사나운 공룡으로부터 피난처를 구했을 것이다. 나무에서 내려와 인류 진화의 첫발을 뗐더라도 매우 오랜 기간을 여전히 나무에 의존해 살았을 것이다. 인류가 나무에 친근성을 느낀다고 주장하는 것은 매우 합당해 보인다. 인류의 두뇌는 파충류 시대의 뇌와 포유류 시대의 뇌를 기반으로 형성됐다고 하지 않는가. 필자는 그런 시간적 규모를 고려하지 못하고 인류 진화에 대한 지식만 전개했던 것이다. 이런 경험은 지식이 모여야 새로운 지식이 나오는 것이 아니라 인간적 고뇌나 성찰이 매개돼야 새로운 지식이 생길 수 있다는 것을 깨닫게 했다. 또한 '내가 맞아'라고 생각하는 순간 이미 경직되고 있다는 것도 알게 됐다.

생물 진화를 종 단위로 설명하지만 사실 진화에는 종 차원 이상의 과정이 관계하고 있다. 인류가 진화할 수 있었던 것도 아프리카 대륙의 광대한 숲이 초원으로 바

비비추 꽃과 제비나비. 꽃과 곤충의 관계는 중생대 백악기부터 시작되었다. 이 오래된 역사가 중첩되어 진화가 진화를 낳는다.

뀌는 환경변화 가운데 나무에서 내려와 초원에 살 결단을 내린 유인원이 있었기 때문이라고 많은 진화생물학자들은 이야기한다. 특히 초기 인류의 생존에는 벼과 식물이 중요한 디딤돌이 된 것으로 보인다. 물론 초기 인류가 죽은 동물의 골수를 빼먹을 수 있어서 두뇌가 발달되었다는 학설도 있지만 벼과 식물을 먹고 자란 동물이 대부분이었고 낟알이 익은 채 떨어져 있기도 했을 것이다. 더구나 인류의 문명은 벼과 식물의 재배에서 출발하였다. 물론 벼과 식물의 진화는 초식동물의 섭식을 피하기 위한 방편으로 촉진됐다.

그 전에 식물은 생장점을 위에 가지고 있었다. 그래서 나무는 뜯어 먹혀도 다시 생장하기 위하여 늘 엄청나게 많은 새눈을 발달시킨다. 그런데 아예 생존 전략을 바꿔 생장점을 밑에 갖는 벼과 식물이 진화했다. 생장점이 밑에 있으면 뜯어 먹혀도 늘 새로 생장할 수 있다.

문제는 생장점이 위에 있으면 가지를 칠 수 있으나,

바이칼 호숫가의 소나무.
곰팡이와 공생하는 균근을 이뤘기에
소나무가 이런 척박한 곳에서 크게 자랄 수 있다.

생장점이 밑에 있으면 가지를 치는 데 공간적인 한계가 생긴다는 점이다. 결국 벼과 식물은 분얼(줄기 밑동에 있는 마디에서 곁눈이 발육해 줄기와 잎을 계속 생장시키는 과정)전략을 택해 이 문제를 해결했다. 이런 식물들이 지질 시대로는 비교적 늦은 때인 약 6,000만 년 전 신생대에 등장하면서 드넓은 초원이 모습을 드러낸 것이란 분석이다.

높은 곳에 생장점을 가진 나무의 잎을 뜯어먹는 기린 같은 초식동물도 여전히 있지만, 많은 동물은 벼과 식물을 뜯어 먹도록 다시 진화했다. 그것도 높은 풀을 먹는 동물과 낮은 풀을 먹는 동물로 분화되었다.

크게 보면 식물과 동물의 진화는 이렇게 서로 주고받으며 서로 적응하는 진화의 경로, 즉 공진화의 길을 걸어왔다. 물론 인류도 이렇게 진화된 초식동물을 잡아먹는 기술을 개발하면서 점점 더 뇌가 커지고 슬기로워졌다. 결국 이런 과정을 살펴보면 생물 진화를 제대로 이해하기 위해서는 종에 집착할 것이 아니라 시스템을 이해해야 한다는 생각이 든다. 인류는 식물이 기반이 된 다양한 관계의 생태계가 발전되었기에 진화가 가능했다.

생물 진화의 가장 큰 특징은 앞에서 봤듯 피로 얼룩진 경쟁이 아니라 다양한 관계로 연결된 의존성이다. 대부분의 생물은 다른 종과의 관계가 없다면 진화할 수 없을뿐더러 다른 생물에 의존하지 않고는 살아갈 수 없다. 생태계에서는 너 없이 내가 살아갈 수 없기에 나만 중요한 것이 아니다. 곰곰이 생각해보면 인간 사회에서도 남이 없다면 나의 존재는 시작조차 불가능하다. 우리는 의식주뿐만 아니라 생각하는 방식과 내용조차 남에게 받은 것이다. 그러니 진정으로 소중한 것은 내가 아니라 너다.

우리는 높은 산벼랑 위의 낙락장송을 보며 위인을 생각하지만 그 소나무도 미생물의 도움을 받아 클 수 있었다. 소나무는 곰팡이와 공생을 하며 균근(菌根)을 만들고 그 균근에서 발달한 아주 가느다란 팡이실로 토양

구석구석의 수분과 양분을 빨아들여 건조한 조건에서도 낙락장송으로 성장한다. 나무는 건조한 능선뿐 아니라 비교적 환경이 좋은 숲속에서도 곰팡이와 공생하지 않으면 대부분 제대로 자랄 수 없다. 우리 인간도 사회적 지위가 높을수록 훨씬 더 많은 사람에게 의존하고 있는 것이다.

인류 문명의 시작이라고 할 수 있는 농경문화도 토양을 기반으로 발달했는데, 이 토양은 식물이 만든 것이다. 얼핏 생각하면 토양이 먼저 형성된 것 같지만 사실 토양은 지구 탄생 한참 후인 5억 년 전쯤 육상에 올라온 이끼 같은 식물들이 지구 표면의 바위를 부식시켜 흙 알갱이를 만들고 여기에 식물 사체인 유기물이 섞여 생성되기 시작했다(후지이 가즈미치, 『흙의 시간』). 그 후 많은 식물들이 자신들의 사체를 섞어 기름진 토양을 형성했고, 후속 식물들은 더 빨리 성장하며 토양 생태계의 발달을 촉진했다.

그런데 이끼가 어떤 물질을 분비했기에 바위를 부식

노랑망태버섯과 대모송장벌레. 숲속에서 노랑망태버섯은 분해자이지만 대모송장벌레의 먹이가 되기도 한다. 먹고 먹히며 생물은 진화를 거듭해 왔다.

시킬 수 있었던 걸까? 놀랍게도 이끼가 분비하는 물질은 사과산과 구연산이라고 한다. 사과산이나 구연산 같은 물질은 과일을 먹을 때 맛있게 느껴지는 신맛의 유기산이다. 건강을 챙기고 기분을 전환하는 과일 주스의 맛으로 식물은 바위를 녹인 것이다. 먼 관계인 듯한 이끼마저 이렇게 우리와 깊숙이 연결된다. 나아가 우리 몸의 형태를 만드는 데 중요한 역할을 하는 호메오박스(homeobox) 유전자는 쥐는 물론 초파리까지 공유하며 진화의 깊은 연계성을 보여준다. 생물 진화과정에서 나타나는 유전적 연결로 우리 모두 지구에 나타난 생명의 기원을 공유한다는 것은 유전자의 본체(DNA)가 동일하다는 점이 증명해준다.

이렇게 동일한 유전자 본체를 가지고 진화를 해 오는 과정에서 지구의 많은 생물들은 생태학적으로도 서로 연결돼 진화과정을 전개하고 있다. 처음에는 바다에서 태어난 생물이 황량한 육상을 가꾸기 시작했고, 아직 을씨년스러운 풍경이던 석탄기의 숲을 지나 식물이

뉴질랜드 식물원의 꽃에 찾아온 새. 식물의 꽃가루받이는 새뿐만 아니라 포유류가 담당하는 경우도 많다.

꽃을 피워내기 시작하며 숲은 화려해지고 다양한 곤충의 번성을 촉진했다. 드넓은 초원의 등장과 인류의 탄생, 또한 오늘의 문명까지 모두 식물과 동물, 미생물과 인류가 깊은 그물로 이어져 의존하고 살아온 결과이다. 이런 '깊은 연결'은 거대한 나무처럼 울림이 장대하다.

생물 간 유연관계와 진화과정을 나무줄기와 가지의 관계로 나타낸 것을 계통수라 한다. 일부 학자는 계통수가 진화과정의 역동성을 보여주지 못하고 진화 초기의 생물이 후기 생물보다 하등한 것처럼 오해를 유발한다고 비판한다. 진화 초기나 후기의 생물이 모두 지금 우리 앞에 나타난 것은 그 나름대로 최고로 진화한 것이지 하등이나 고등이 따로 없다는 것이다. 물론 필자도 그렇게 생각한다. 특히 인류를 만물의 영장이라고 치켜세우는 것은 심각한 문제다. 그러나 그것이 계통수의 문제는 아니다. 여기에 나무에 대한 또 하나의 오해가 있다.

나무는 정적으로 서 있는 것이 아니라 역동적으로 생

장하고 있다. 수백 년 된 나무가 서 있다고 수백 년이 고정되어 있는 것은 아니다. 고정된 것이 아니라 해마다 새로운 세계를 펼쳐낸다. 다만 우리가 나무줄기에 집착하기에 수백 년을 고정시켜 보는 것이다. 우리는 흔히 나무의 핵심이 줄기에 있는 것으로 착각한다. 나무의 중심은 새 가지와 잎, 즉 지엽(枝葉)에 있다. 나무의 핵심이 따로 있는 게 아니라 모든 지엽이 모두 각자 나름대로 핵심이고 중심이다. 모든 지엽이 광합성을 해서 줄기를 키우고 모든 지엽이 생장 호르몬을 생성하여 줄기의 생장활동을 조절한다.

줄기에 집착하는 것은 문화적 다양성을 업신여기고 우수한 민족의 정체성을 찬양하거나 왕권의 정통성을 기리던 역사의 잔영일 수 있다. 국민들이 모여야 왕권도 존재하듯, 줄기란 그저 지엽의 생장을 위한 통로 역할 때문에 존재하는 것이다. 지엽이 죽으면 통로가 막히고 줄기는 썩는다. 줄기를 중심으로 볼 것이 아니라 지엽을 세계를 이어주는 터미널로 볼 필요가 있다. 이 지엽이 우주에서 오는 햇빛과 지구의 수분을 연결해 에

너지를 생성함으로써 풍요로운 숲을 일궈내고 있다고 생각할 수 있어야 비로소 나무를 제대로 이해하는 것이다. 지구에서 진화한 많은 생물들도 이 지엽처럼 서로 세계를 연결해주고 서로 의존하며 아름다운 생물다양성을 일궈내는 것이다. 또한 아래에 있는 지엽이라 하등한 것이고 위에 있는 지엽이라 고등한 것이 아니다. 모두 수백 년의 역사를 품고서 올해에 새로 나온 것이다. 해마다 새로운 세계를 새로 펼쳐내는 나무를 볼 때 생물의 진화과정을 잘 나타내고 있다는 생각이 든다. 지엽 말단적인 생각을 하지 말라고 하지만 창의성을 기르는 데는 중심적인 생각과 지엽적인 생각이 따로 없다.

인공지능의 발달로 인류의 미래를 걱정하는 사람이 많다. 생물의 진화나 나무의 생장에 비춰볼 때 인간에 대한 개념은 새로워지게 되어 있다. 프랑스 철학자 미셸 푸코는 저서『말과 사물』에서 "사유의 고고학이 분명히 보여주듯이 인간은 최근의 시대에 발견된 형상"이라

제주도의 나사미역고사리. 착생 양치식물인 나사미역고사리가
사는 나무에는 덩굴식물과 지의류, 이끼류가 함께 살고 있다.
숲에서 나무는 대개 많은 이웃을 함께 품고 살아간다.

며 "인간은 바닷가 모래사장에 그려 놓은 얼굴처럼 사라질지 모른다"고 적었다. 아마 인간이란 개념은 바뀌게 될 것이다. 아니 인류의 탄생은 많은 종이 절멸해서 가능해진 사건이라는 것을 감안한다면, 인류 역시 사라지게 되어 있다고 표현하는 것이 합리적일 것이다. 그러나 인간을 고정시켜놓고 걱정할 것이 아니라 생물 진화과정을 성찰하고 인공지능과의 관계를 발전시켜 나간다면 인류 진화의 미래에도 희망이 싹틀 수 있을 것이다.

두륜산의 층층나무 새잎. 연둣빛 작은 새들이 잠시 앉았다가 가볍게 날아 오르려는 듯 봄빛을 머금은 새잎이다.

3.지혜

자신의 삶은 끝냈으나 다른 조직의 삶을
위하여 수액을 옮겨주고, 자신은 죽었으나
다른 조직을 하늘 높이 올리고 버텨주기
위해 강도와 굳기를 더하는 것이 나무이다.
나무는 죽은 자들을 통해 호흡을 하는
존재이기도 하다.

나무는 칸트의 숭고미를 지녔다. 릴케가 나무가 자라는 모습을 보며 '오 순수한 상승'이라고 찬양한 것이나 괴테가 가을 숲을 지나다가 '이 지상의 것이 아닌 위대함'이라고 감탄한 것은 나무가 하늘을 향한 꿈을 오랜 세월 켜켜이 쌓으면서도 저렇게 높이 솟아 올린 거대함에서 인간의 이성을 놀라게 하는 숭고미를 느꼈기 때문일 것이다. 사실 나무는 이 지상의 것만은 아니다. 나무는 대지에 스며있는 물의 도움을 받아 우주에서 오는 햇빛을 향한 열망을 펼쳐내고 있는 존재이다.

나무는 천상의 것도 아니고 지상의 것도 아니다. 나무는 우리 민중이 서럽도록 오랫동안 꿈꿔온 천상과 지상의 만남이다. 인류는 오래전부터 나무를 통해 천상의 힘을 받으려 했고 나무를 통해 지상의 뜻을 전하려 했다. 그래서 고대 샤먼은 나무를 타고 천상을 드나들면서 지상의 문제를 해결했다. 그렇다고 나무를 견고한 계단으로 생각해야 할 필요는 없다. 잭과 콩나무 이야기에서는 나무를 밧줄처럼 타고 하늘 나라로 간다. 나

태백산의 일본잎갈나무 숲. 숲속의 나무들은 하늘을 향해 서로 경쟁한다.
한 치라도 더 높게 자라야 한 뼘의 햇빛이라도 더 받는다.

무와 슬기롭게 소통하기 위해서는 나무를 기둥으로만 보려는 관념으로부터 자유로워지는 것이 좋을 것이다. 나무는 과학적으로 보면 지구의 수분과 우주의 햇빛이 서로 당기고 있는 거대한 동아줄이기도 하고, 인문학적으로 보면 지상의 염원과 천상의 기운이 오르내리는 밧줄일 수도 있다.

이렇게 나무는 지구의 생명에게 우주의 기운을 불어넣어주는 존재이다. 햇빛으로 자라는 나무는 능히 하나의 세계처럼 펼쳐지며 많은 생명을 키워낸다. 잎의 표면과 잎 속에, 잎자루와 새순의 틈에, 가지 위와 가지 속에, 잎과 가지가 자란 틈새에, 줄기 겉과 속에, 참으로 틈틈이 다양한 생명공간을 제공한다. 그리고 이 모든 걸 합쳐 생명의 그늘을 드리우며 거대한 동물이 들어와서 쉴 수 있게 해주기도 하고 때로는 먹이를 떨어뜨려 주기도 한다. 땅속은 더 재미나다. 낙엽은 많은 생물의 먹이와 보금자리가 되어주고, 뿌리는 곰팡이와 공생하며 땅속 사회를 연결할 뿐 아니라 물질을 분비하여 미생물의 마을을 육성시켜준다. 이 모든 것이 태양에서

온 에너지 덕이지만 나무의 생장이 우리가 뚝딱뚝딱 건물을 짓듯이 이루어지는 것은 아니다.

나무의 생장은 물의 분자적 걸음걸이와 햇빛의 양자 물리학적 떨림으로 덧칠해가는 과정이다. 비유하자면 만남을 갈구하는 견우와 직녀의 눈물 흔적이 쌓여서 자라는 것이다. 햇빛과 물과 이산화탄소가 만나고, 질소와 인산, 칼륨, 칼슘에 철분, 마그네슘 등 미량 원소까지 수많은 물질들이 이어지고 헤어지는 과정이 집적되어 저 나무가 우리 앞에 서 있는 것이다. 우리가 나무의 나이를 500년, 1,000년 하면서, "와 오래되었다"라고 감탄하지만 그것은 인간의 기준으로 나무의 생장을 단절해낸 것에 불과하다.

우리는 1년이라고 하지만 나무는 영겁의 세월을 자란다. 우리가 1년 동안 나무의 생장을 지켜본다면 그 자람이 너무 늦어 아마 누구도 그 갑갑함을 이겨낼 수 없을 것이다. 잊어버리고 있다가 다시 보니 쑥쑥 자란 것이다. 1년 안에 영겁을 끼워 넣는 것이 억지라고 생각한다면 이것은 자연을 모두 인간적인 기준으로만 보는 것이다.

생명은 모두 자신의 리듬이 있다. 하루살이는 그 짧은 시간에 평생을 보낸다. 수학적으로도 정수 1과 2 사이에는 무한대의 소수가 있다. 그러니 우리가 나뭇잎 하나 뜯을 때도 거룩한 시간을 느낄 필요가 있다. 조선 선조 때 화전놀이를 가서 진달래꽃으로 전을 지져 먹은 백호 임제는 '일년춘색복중전(一年春色腹中傳, 한 해의 고운 봄기운이 배 안에 전해지네)'이라고 노래하며 작고 연약한 꽃잎으로도 넉넉히 1년의 기운을 몸에 담았다. 백호의 시풍이나 조선 유학자들의 세계관을 생각해보면 그들은 1년 동안 우주의 운행을 담뿍 느꼈을 것으로 짐작할 수 있다.

이런 나무들이 모이면 생물 사이의 네트워크는 훨씬 촘촘하고 두터워진다. 나무가 모인 것이 숲이지만 신기하게도 숲은 나무로만 이루어지지 않는다. 숲에는 나무 이외에도 많은 생물이 들어와서 생명 네트워크를 더 섬

오대산의 신갈나무 줄기. 나무는 능선의 삶이 힘겹다. 쉼 없이 불어대는 바람과 메마른 토양에도 견뎌야 한다. 몸은 구부러지고 잘려지고 그래도 버텨야만 큰 나무가 되어 그늘을 만들고 다음 세대를 위해 노래할 수 있다.

세하게 연결하고 서로 다시 연결하며 다른 생물들에게 도 후덕한 층을 쌓아간다. 그래서 나무도 단순히 줄기로만 서 있는 것이 아니라 생물 사이의 연결통로가 되기도 한다. 나무를 타고 다니는 생물, 나무를 고개 삼아 의지하는 생물, 나무에 젖줄을 달고 사는 생물, 나뭇가지 사이로 쏘다니는 생물. 그래서 숲에서 똑바로 서서 가지 말고, 기어가보거나 누워보거나 나무 위로 올라가 가지 사이로 다녀보면 완전히 다른 세계를 경험하게 된다. 숲은 우리의 선입관처럼 나무줄기로 이루어져 있는 것이 아니라 많은 길로 이루어져 있다.

더 신비로운 것은 숲은 나무가 이룬 세계이지만 우리가 숲을 느끼는 것은 나무 자체가 아니라 나무 사이의 빈 공간이라는 점이다. 빈 공간이 있어 우리 마음이 숲과 통할 뿐 아니라 빈 공간이 있어 새들이 날고 많은 생물이 사회를 이루어 탄력을 유지하는 다채로운 생태계가 되는 것이다. 이런 공간도 일률적이면 재미가 덜하다. 좁은 것 같다가 넓은 곳이 나오고 넓은 공터 가에는 덤불숲이 우거진다. 숲은 어디를 통해 나에게 느껴지는

태백산의 주목. 살아서 천년 죽어서 천년을 간다는 주목은 고사목이 더 당당하고 아름답다.

가. 숲도 공간을 통해 숨을 쉬며 우리와 호흡을 같이하는 것이다. 이럴 때 나를 통해 느껴지는 숲은 어디에 있는가?

나를 의식하면 숲이 사라지고 숲을 의식하면 내가 사라진다. 나와 숲 사이에는 어떤 세계가 있는가? 숲에 들면 흔히 눈이 커진다. 숲속에는 햇빛이 줄어드니 동공이 확장되기도 하겠지만 평소에 볼 수 없었던 색다른 것들이 계속 나타나니 눈이 휘둥그레지는 것이 당연할 것이다. 그래도 적당히 보고 나면 눈을 감고 쉴 줄 아는 것이 좋다. 눈을 감으면 시각이 차단되는 것 같지만 오히려 시각에 의해 차단되었던 다른 감각이 살아나며 오감이 연결되어 나를 통해 숲으로 가는 길을 느낄 수 있다. 그래서 나와 숲 사이에는 무한한 세계가 있다는 것을 느낄 수 있을 것이다.

이런 경험을 하다 보면 숲의 한적한 골짜기에서도 우주를 느낄 수 있다. 인간의 고정관념으로는 지구를 떠

죽어서 더 곧은 태백산의 소나무 줄기. 음수인 활엽수 숲에서 소나무는 삶이 고단하다. 이 소나무는 결국 죽어서 잔가지까지 내어주고도 꼿꼿한 모습을 간직하고 있다.

나야 우주를 느낄 수 있을 것 같지만 우주는 속속들이 연결되어 있기 때문에 어디서든 느낄 수 있다. 내 몸에 있는 철분은 초신성의 산물이고 지구는 우주의 산물이 아닌가? 굳이 시인의 노래를 끌어들이지 않아도 작은 꽃 하나에서도 우주를 느낄 수 있을 것이다. 이제 삶과 죽음도 그렇게 다르지 않다. 죽어 썩어가는 나무가 많은 생물을 빨아들이는 블랙홀처럼 보인다. 나무가 죽고 난 후 새로운 우주가 되어 많은 생명을 부양하고 있는 것이다. 이렇듯 잘 살아왔던 나무는 죽어서도 많은 생물을 부양한다. 그렇다. 죽음이 문제가 아니라 잘 살아내는 것이 중요한 것이다.

잎이 진 숲에서 밤을 지내보자. 해가 지고 나니 별들이 보인다. 우리는 어둠을 만나야 영롱한 별을 맞이할 수 있다. 공자와 맹자, 소크라테스와 플라톤, 칸트와 톨스토이, 그리고 우리 민족의 원효까지 모두 오랜 세월 동안 인정을 받기는커녕 고통 속에 헤매거나 아픈

노각나무 줄기의 수피. 나무가 만들어낸 삶의 흔적인 수피는 나무마다 독특한 무늬를 가지고 있다. 숲에서 노각나무의 수피는 단연코 눈에 띈다.

몸을 이끌고 위대한 사색을 펼쳐냈다. 사회의 권력자들은 빛과 어둠을 나누는 흑백논리로 맞고 틀린 것을 선명하게 나누는 것을 좋아하지만 숲에서는 더 큰 지혜를 배울 수 있다. 생태계를 보전하기 위해서는 빛을 받아 살고 있는 나무도 중요하지만 꺼멓게 죽어버린 나무가 더 중요할 수 있다.

나무는 죽어서도 많은 생물의 먹이와 보금자리가 된다. 죽은 나무에 살고 있는 생물은 대부분 살아 있는 나무에서는 살 수 없다. 우리에게는 살아 있는 나무들이 빛으로 보이고 죽은 나무는 어둠으로 보이겠지만 다른 많은 생물들에게는 반대로 보일 수 있다. 인간이 숲을 보호한다고 죽은 나무를 치워버리면 이런 생물들은 엄청나게 넓은 범위를 차지하고 있는 산 나무들의 장애를 넘어 다시 죽은 나무를 찾아가야 한다. 어떤 생물들에게는 죽은 나무를 잃는 것이 인류가 지구를 잃고 다른 행성을 찾아가는 것보다 더 큰 재앙일 수 있다.

숲이라는 생명 네트워크에서 우리가 소홀하게 생각할 수 있는 것은 아무것도 없다. 아니 오히려 우리의 생각의 틀을 바꿀 필요가 있다. 이제 우주를 더 잘 이해하게 되면서 많은 우주과학자들은 암흑물질과 암흑에너지가 우주의 95~96%를 차지하고 있다고 추정한다. 하지만 여기에도 흑백논리가 작용한다. 암흑물질은 빛은 물론 전파·적외선·자외선·X선·감마선 등과 같은 전자기파로도 관측되지 않는 물질을 지칭하므로 빛이 없는 물질이 아니라 빛으로는 알 수 없는 물질이다. 그러나 우리는 여기에 흑백논리로 암흑물질(dark matter)이라는 이름을 붙였다. 우리가 생명을 제대로 이해하기 위해서는 우주나 숲을 보는 데 있어서 흑백으로 단정할 수 없는 세계가 있다는 것을 알 수 있는 힘을 길러야 할 것이다.

죽은 나무에 많은 생명이 깃들이는 것을 보면 숲과 함께 호흡하고 있는 인간의 죽음도 흑백논리로는 이해하기 어렵다는 생각이 든다. 우리가 의미를 부여하고 있는 탄생과 죽음은 그저 생명과정의 깜박이는 계기일 뿐 생태계는 탄생과 죽음으로 단절되지 않는다. 나무는 죽으면 자신이 살았던 숲을 오랫동안(거의 살았던 만

큼) 더 풍요롭게 만든다. 그런데 사람은 왜 죽으면 어디론가 사라져 버린다고 슬퍼할까? 과연 죽은 사람은 어디로 간 것일까? 오히려 나에게로 들어온 것이 아닌가?

톨스토이가 『참회록』에서 고백하고 있듯이 사람이 죽고 나서, 살아 있을 때보다 훨씬 더 큰 영향을 주는 경우가 많다. 물론 사람이 죽으면 슬픈 것은 당연하겠지만 너무 슬퍼하며 자신의 건강까지 해치는 것은 죽은 자에 대한 예의도 아니다. 우리는 죽은 자를 보낸 것이 아니라 더 큰 감화를 받고 있는 것이다. 사실은 살아 있는 나무에도 산 것만 있는 것이 아니다. 나무는 흥미롭게도 죽은 조직이 산 조직을 지탱해주는 구조를 가지고 있다. 나무의 심재(心材)는 죽은 조직으로 온갖 물질을 축적하여 강도와 굳기를 더함으로써 나무를 지탱해준다. 그래서 나무를 잘라보면 심재에서는 수액이 나오지 않는다. 심재의 바깥에 있는 변재(邊材)도 수액은 흐르지만 세포는 살아 있지 않고 통도조직의 기능만 발휘하고 있다. 자신의 삶은 끝냈으나 다른 조직의 삶을 위

바이칼 호숫가 절벽의 고사목. 비록 나무는 죽었으되
아름다움을 바로 잃지는 않는다. 사람도 그랬으면 좋겠다.

하여 수액을 옮겨주고, 자신은 죽었으나 다른 조직을 하늘 높이 올리고 버텨주기 위해 강도와 굳기를 더하는 것이 나무이다.

나무의 수피(樹皮)도 재미있다. 수피란 나무껍질이 두껍게 쌓인 조직인데 이것도 살아 있는 것이 아니다. 원래 형성층에서 만들어진 물관부는 해가 거듭되며 목재가 되고 체관부는 수피가 되는데 점점 두꺼워지지만 죽은 세포가 집적되어 있는 것이다. 수피에 작은 구멍이 모여 있어 도톰하게 느껴지는 부분이 있다. 눈처럼 보인다고 피목(皮目)이라고 하지만 사실은 공기나 수분을 통과시키며 호흡을 하는 조직이다. 이렇듯 나무는 죽은 자들을 통해 호흡을 하는 존재이기도 하다.

인간 사회도 사실은 죽은 자들이 지탱해주고 있는 것이 아닌가? 오랜 핍박과 엄청난 고통 속에도 인간의 이성을 갈고 닦으며 존엄성을 빛내고 이어준 고인들이 없었으면 우리 사회가 이만큼 지탱할 수 없었을 것이다. 강도를 보태는 나무의 심재도, 수액을 유통시키는 변재

연의 꽃. 부처님이 연꽃을 들어올렸을 때 제자 가섭만 미소를 지었다고 하는 염화시중. 마음과 마음이 말없이도 글 없이도 통하는 연꽃의 미소가 아름답다.

도, 호흡기능을 하고 있는 수피도 세포만 보면 생리학적으로 죽은 것이지만 물리학적인 의미에서는 살아 있다고 볼 수 있을 것이다. 나무는 삶과 죽음을 엄밀하게 구분해야 직성이 풀리는 우리 인간들을 한심하게 보고 있는지도 모른다. 그래서 필자는 나무껍질에 있는 무늬를 보며 나무의 숨결을 느낀다. 노각나무의 숨결이 다르고 자작나무의 숨결이 다르다. 수피도 나에게는 다채롭게 살아 있는 것이다. 고인들도 어디로 간 것이 아니라 우리 속에 살아 있으며 우리의 마음을 키워주고 삶의 무늬를 바로잡아준다. 이렇듯 숲을 즐기는 지혜를 얻고 나면 숲은 우리 삶 깊은 곳의 어둠을 거두어준다.

느티나무 줄기의 피목. 느티나무에 발달한 피목의 가로무늬가 한 폭의 멋진 추상화 같다.

4. 보호

식물은 저 밖에 단순히 보호의 대상으로
서 있는 것이 아니라 우리 인류와 들숨과
날숨을 이어받으며 서로 호흡을 나누는
이웃이다.

식물은 우리 삶의 기반을 지탱해주고 있다. 식물은 우리의 의식주에 필요한 재료이자 건강한 삶과 풍요로운 문화의 원천이 될 뿐 아니라 맑은 물과 쾌적한 공기를 제공하고 기후를 조절하여 우리의 환경도 지켜준다. 더구나 우리의 생물학적 진화도 식물과 함께하였고, 밝음을 지향하는 영성의 발현도 식물과 공명하고 있다. 이렇듯 인류의 조상은 식물의 도움을 받아 진화에 진화를 거듭하였고, 현생 인류는 농경을 시작하며 문명을 일구었으나 산업혁명 이후에는 생태계를 급속히 변화시켜 생물다양성을 감소시키고 있다.

지난 역사라고 사라진 것은 아니다. 세포 하나에 모든 것을 걸고 있는 박테리아의 대사과정에도 우주의 역사가 숨 쉬고 있고, 이런 박테리아는 우리 장 속에서 식물성 섬유조직을 받아먹으며 활력을 일으켜 우리의 건강에 도움을 주고 있다. 과학이 발달하면서 우리는 생태계가 생각하는 것보다 훨씬 긴밀하게 짜여 있다는 것을 알아가고 있다. 생명은 서로 속속들이 한통속이다.

미생물이 주도하는, 그래서 더 깊숙이 더 촘촘하게 이어지는 생태계의 물질순환, 태양이 추진하는 에너지 흐름과 수분 순환, 그리고 밤낮과 계절에 따라 진동하는 온갖 생물들의 아름다운 시간적 동조. 이렇게 순환으로 연결되고 동조로 공명하며 우리 마음을 진동하게 만드는 생물다양성의 바탕에는 녹색식물의 싱그러움이 있다. 더구나 식물은 저 밖에 단순히 보호의 대상으로 서 있는 것이 아니라 우리 인류와 들숨과 날숨을 이어받으며 서로 호흡을 나누는 이웃이다.

생물이 서로 의존하고 있다고 서로 구속하고 있는 것은 아니다. 생물은 서로 의존하면서 서로를 이어내며 새로운 세계를 창출한다. 민들레 씨앗을 보자. 생명이란 혼자서는 티끌처럼 날려 다니지만 서로 연결되면 새싹을 내고 땅도 뚫고 올라오는 놀라운 존재이다. 나무가 저렇게 자유로운 몸짓으로 춤추듯이 자라고 있는 것은 나무가 온실의 화초처럼 하늘과 땅 사이에 갇혀 있는 것이 아니라 하늘과 땅을 이어주고 있다는 것을 보

주왕산의 당단풍나무. 태양의 에너지를 받아 봄부터 가을까지 힘차게 살아낸 잎의 마지막 열정이 붉게 타올랐다.

여준다. 우리의 사소한 행동도 모두 생태계에 영향을 미친다. 우리도 단순히 생태계에 의존하고 있는 것이 아니라 생태계의 과정에 참여하고 있는 것이다. 우리는 행동거지에 따라 생태계에 짐이 될 수도 있지만 생태계를 이어주는 숭고한 존재가 될 수도 있다.

우리는 스스로 대단히 많이 알고 있는 것 같지만 사실 우리가 알고 있는 것은 미약하기 짝이 없다. 세상에서 모든 관계가 다 끊어졌다는 것을 알고 나서 괴로워하는 경우에도 사실 우리는 아무것도 모르고 어머니 품에 안겨 있 는 아이처럼 생태계와 우주의 품에 안겨 있는 것이다. 나의 존재를 지탱하는 대지, 나의 눈빛을 받아주는 하늘, 나의 숨결을 이어주는 수많은 생명들. 원초적 고향이란 이런 것을 의미하지 않을까? 외로운 산꼭대기 바위틈에 피어나 바람에 시달리는 저 구절초조차 얼마나 많은 도움을 받으며 꽃을 피우고 자신의 아름다움을 드러내고 있는가? 식물은 이렇게 우리를 행복의 길로 이끌어준다.

육림호에 비친 소리봉. 육림호는 조선왕조 500년 동안 보호받아 온 광릉숲 국립수목원 안에 있다. 광릉숲은 생물다양성이 높고 자연이 잘 보존돼 유네스코 자연 보전지역으로 정해졌다.

백운산의 금강초롱꽃. 우리나라에서만 자라는 초롱꽃과의 희귀한 풀이다.
초가을 높은 산속에서 초롱을 드리운 듯 피어난다.

사실 고통과 기쁨이란 다른 것이 아니라 한 생명력의 두 리듬일 뿐이다. 아기 탄생의 울음은 고통과 기쁨이 갈라지기 전의 힘찬 생명력을 보여준다. 식물은 한 생명의 탄생에서 고통과 기쁨이라는 두 가지 색깔로 번지는 세계를 보여준다. 새싹이 땅을 뚫고 올라오는 고통과 환희의 초록 빛깔 몸짓을 보라. 생명의 잉태를 출산하고 있는 저 꽃의 떨림을 보라.

우리는 작은 풀꽃을 보고서도 왜 이리 감동하는가? 그것은 굳은살이 터질 때에야 아픔을 느끼듯이 저 작은 꽃이 그동안 잊어버리고 지나온 세월, 무심히 쌓인 세월, 굳은 세월에 틈을 내고 생명의 진동을 들려주기 때문이다. 흔히 지나쳐보던 이 지구, 저 우주가 모두 나의 생각에서 굳은 대상이라면 이 풀꽃은 나의 생명을 깨워 나의 우주로 안내하는 등불이기 때문이다. 생명이 40억 년 동안의 진화를 통하여 지구를 아름답게 꾸며 왔다고 말하는 것만으로는 부족하다. 우리의 눈을 빛나게 하는 생명이 우리를 우주 깊숙이 연결시켜주고 있는 것이다.

우리는 내던져진 존재도, 끌려다니는 존재도 아니다. 우리는 생태계의 구성원으로 세계를 이어주고 세계를 일으켜 세우는 존재이다. 우리는 의식적으로 이것과 저것을 구분하고 있지만 우주의 모든 것은 우리가 모르는 사이에 서로 연결되어 있다. 이렇게 모두 연결되어 있는 우주는 우리를 통해서도 하나의 우주가 되지만 저 조그마한 식물을 통해서도 하나의 우주가 된다.

그렇다고 해서 우리가 뭘 안다고 으스댈 일은 아니다. 무엇을 안다고 생각하는 것은 다른 많은 것을 배제하는 과정이고 지식의 성을 견고하게 쌓아 나를 가두어 놓는 과정이다. 정말 두려운 일은 우리가 모르는 것에 대해서는 모른다는 것도 모르고 있다는 사실이다. 안다는 것의 높이가 아니라 모른다는 것의 깊이를 이해할 수 있는 힘을 기를 필요가 있다. 우리가 알고 있는 우주는 우리의 의식이 그렇게 생각하고 있는 우주일 뿐 우리가 모르고 있는 깊이가 우리가 살고 있는 진정한 우주의 크기이다.

우리는 식물을 흙에서 캐낼 수 있지만 식물의 뿌리를 흙과 완전히 분리시킬 수는 없다. 우리가 땅과 떨어져 걸어 다닌다고 지구 생태계와 분리되어 있는 것은 아니다. 현대 인류의 장기인 분석적인 사고로는 자연을 온전히 이해할 수 없다. 간밤에 폭설이 내린 후 한바탕 눈 축제를 기대하며 숲으로 가는 길에 먼저 놀란다. 우리는 갈퀴처럼 쓸고 간 바람의 뒷자리가 어떻게 부드러운 양탄자보다 매끈한 표면을 남겨두었는지 분석해서 알아낼 능력이 없다. 바람의 채찍이 어떻게 하늘에서 내린 눈으로 나무마다 떡가래처럼 쭉 빠진 길을 다시 하늘로 내놓았는지 그저 놀랄 뿐이다. 겨울 아침 얼어붙은 공기를 깨는 아이의 웃음소리같이 번져 있는 눈보라의 숨결은 신선한 충격을 선사한다.

아직 우리는 식물을 제대로 알지 못하고 있다. 아직 식물의 세계는 우리에게 제대로 발견되지 않았다. 식물은 늘 우리의 선입관을 뚫고 새로운 세계를 보여준다. 식물은 단순히 자연만이 아니다. 식물과 우리는 삶

의 도를 뚫어내는 길에 진화적 규모의 도반이었기에 우리가 오래전부터 꿈꾸어 와서 아주 오래 압축적으로 추상된 환상의 세계를 보여주기도 한다. 나무의 저 자유스러운 몸짓은 자연에서 자라난 것이지만 인간의 혼이 벼려낸 추상에서 빚어진 것이기도 하다. 그래서 나무는 바로 우리의 꿈이다.

나무의 모습은 하늘과 땅 사이에서 한 치도 벗어날 수 없는 자연과정으로 맺어진 것이지만 우리의 마음에서는 자유로운 영혼의 몸짓으로 춤을 춘다. 우리는 식물을 너무 쉽게 생각한다. 우리가 식물인간이라는 말을 쓰곤 하지만 사실 식물은 매우 역동적이다. 해마다 새로운 세계를 펼쳐내는 나무를 보자. 특히 저토록 거대한 덩치가 하늘을 향한 무너질 수 없는 몸짓을 펼치는 것을 보면 숭고함을 느낄 수밖에 없을 것이다.

사실 우리가 잘 의식하지 못하지만 식물을 보호해야 한다는 생각에는 단순히 과학적인 판단만이 아니라 인간의 가치관이 중추적으로 자리를 잡고 있다. 이것이

바이칼호의 춤추는 나무. 나무는 언제 춤추는가?
나무의 춤은 바람으로 시작하여 바람으로 끝나지만
바람이 모질수록 나무의 춤은 더 큰 자유를 향한다.

죽은 식물도 우리 마음에는 살아 있는 이유이다. 가을에 말라붙은 풀잎은 겨울비를 맞고서도 우리를 황홀한 세계로 안내하며 창공에 걸려 있는 고사목은 얼어붙은 마음에도 숭고한 영혼의 자유를 일깨워준다. 좀 아는 사람은 죽은 풀과 고사목은 없애도 좋다고 생각하겠지만 좀 더 아는 사람은 죽은 풀이 겨울 생물에게는 무척 고마운 존재이며, 고사목이 어떤 생물에겐 우주의 자궁이 될 수도 있다고 생각한다.

생물다양성은 그저 아름답게 우글거리는 모임만은 아니다. 서로 의존하고 살아가며 관계를 맺어내는 생태계로, 그 자체가 늘 변하며 생물이 더 다양한 삶의 자리를 열어내 새로운 관계를 만들기 때문에 점점 더 복잡해지고 더 아름다워지는 하나의 세계이다. 사실 이 세계는 아름다운 만큼 부서지기 쉽고 복잡한 만큼 변하기 쉬운데 우리는 무한정 지탱하는 힘을 지니고 있는 줄 착각하고 마구 훼손하기 때문에 그 아름다움의 놀라운 정도가 묽어지고 복잡성의 깊이도 얕아지고 있다.

신화에서는 튼튼한 코끼리나 거북이 이 세계를 버티고 있다지만 사실은 한숨 바람에도 흔들리는 식물이 우리의 세계를 지탱해주고 있다. 우리가 식물의 이런 특성을 제대로 이해하기는 거의 불가능에 가까울 정도로 어렵다. 식물의 생명력은 매우 약해 보이는 동시에 매우 강해 보이기 때문이다. 빛이 입자이면서 파동이듯이 식물의 이런 특성은 진실이다. 우리가 숲을 돌아다녀 보면 어떨 때는 폭발적으로 넓은 면적을 차지하고 왕성하게 자라던 식물이 어떨 때는 찾아보기 어려울 정도로 위축되기도 한다.

그래서 우리는 소중한 것일수록 그대로 지키려고 노력할 것이 아니라 그들의 변화 가능성을 받아들일 수 있는 능력을 키워야 한다. 너무 소중한 나머지 변화가 두려워 얼려두듯이 그대로 보존하고 싶겠지만 그렇게 되면 오히려 그 소중한 것을 깨뜨리는 결과를 초래하게 된다. 우리가 쉽게 자연을 닮아 지속가능하게 살자고 주장하는 경우가 많지만 이것은 자연을 제대로 이해하지 못한 탓이다. 사실 자연은 지속가능한 대상이 아니

순천만의 겨울 풍경. 자연을 해치지 않고 그대로 보존해서 자연도 지키고 지역의 이미지도 드높인 대표적인 곳이다.

두륜산의 진달래. 좁은 바위틈도 살 만한 곳으로 여기고 오랜 세월 살아서 꽃을
피웠다.

다. 어떻게 태양이나 지구가 변하지 않을 수 있는가? 어떻게 한 생물종이 변하지 않고 생태계에 적응할 수 있는가? 자연은 늘 변하고 있고 변해갈 수밖에 없다. 정확히 말하면 우리는 이렇게 변해가는 속성을 지닌 자연과 지속가능한 관계를 맺어야 한다. 지속가능성이란 관계의 속성이지 대상의 속성이 아니다.

관계가 지속가능하기 위해서는 상호 간의 신뢰가 필요하다. 그런데 신뢰란 인간의 개념이니 우리가 식물을 신뢰할 수 있다고 하더라도 식물에게 신뢰를 받는 길은 무엇일까? 우선 식물과 우리는 생태계를 바탕으로 연결되어 있으니 생태계 차원의 신뢰가 필요하다. 예를 들어 나무를 베어내고 태양광 발전 시설을 설치하면서 환경을 보호한다는 주장을 살펴보자. 그들은 지구온난화로부터 생태계를 보호한다고 주장하지만 사실 나무도 태양광을 가지고 에너지를 합성해준다. 그들은 자연적인 나무보다 인공적인 태양광발전 시설의 효율이 높다고 주장한다. 하지만 양자물리학적으로는 나무의 광합성 과정이 인간의 어떤 기술보다 높은 에너지 효율을 가지고 있다(김정은 역, 『생명, 경계에 서다』).

　나무가 태양광 시설보다 에너지 효율이 낮은 것은 아니다. 다만 나무는 우리의 생명을 지켜주기 위해 보이지 않는 많은 생명을 키우고, 보이지 않는 많은 일을 하며 에너지를 쓰고 있는 것이다. 이래서는 우리가 나무의 신뢰를 얻을 수 없다. 더구나 주차장에 만들면 한여름의 차량 과열도 막고 도시열섬현상도 완화시켜줄 텐데 주차장에는 별로 설치하지 않고 굳이 산을 깎아서 설치하는 것을 보면 에너지 효율보다는 정부 보조나 산지를 다른 용도로 전환시켜 이득을 보려는 편법으로 오해를 받기 쉽다. 이렇게 인간 사회에서도 신뢰를 얻기 어려운 상태로는 나무의 신뢰를 얻기가 요원할 것이다.

　많은 나무를 베어 넘기고 넓은 터를 닦아 겨우 한 가족이 살아갈 큰 집을 지어놓고 생태를 고려한 에코하우스(eco-house)라는 이름을 붙이는 서양인들도 이해가 되지 않고, 너른 터에 혼자 살아가며 자연인이라고 외치는 우리나라의 텔레비전 프로그램도 이해하기 어렵

수원시의 방화수류정. 우리 조상들은 외적을 방어하는 성곽을 쌓으면서도 정자를 짓고 나무를 심어 아름다운 환경을 창조하였다.

다. 우리나라 인구가 모두 그렇게 살기를 원한다면 우리 산하를 몇 번이나 찢어발겨야 할까? 이런 식으로는 식물의 신뢰를 얻기 어렵다.

잔잔한 수면에 비친 호숫가의 풀처럼 우리도 식물에 아름답게 비치기를 꿈꿔 볼 수는 없을까? 아이는 신뢰란 말을 가지고 있지 않지만, 우리가 아이를 내 마음대로 할 수 있다고 생각할 것이 아니라 아이를 존중하며 진정으로 이해할 때 아이도 신뢰의 몸짓을 보여준다. 식물을 존중하는 태도만이 식물의 신뢰를 받을 수 있는 길이다. 식물은 우리가 쉽게 생각하고 함부로 대할 수 있는 상대가 아니다. 식물은 우리 생명을 지켜주고 후손들이 살아갈 환경도 지켜주는 존재이다. 이렇듯 우리에게 행복의 의미를 알려주고 지속가능하게 행복을 유지하는 방법도 알려주는 식물을 보호하는 일은 식물만이 아니라 우리 모두의 공존을 위한 것이다.

찾아보기

사진 제공

ⓒ 신준환 19, 26, 29, 35, 42, 45, 48, 50 52, 60, 64, 67, 71, 77, 83, 84, 87, 88, 93,
94~95, 96, 99, 108~109, 113, 119, 120, 122, 124, 128, 131, 134, 137, 140~141, 144, 149, 155, 156,
160, 163, 168, 174, 176~177, 179, 180, 186, 200, 205, 207, 210, 213, 215, 221, 222, 226, 230~231,
232, 235
ⓒ 청주충북환경운동연합 133
ⓒ 김영환 24~25, 32, 74, 107, 110, 138
ⓒ 이강협 16, 116
ⓒ 황영심 21, 38, 41, 59, 63, 68, 104, 166, 171, 185, 190, 193, 196, 202~203, 219

행복한 나무

초판 1쇄 인쇄   2018년 6월 5일
초판 1쇄 발행   2018년 6월 20일

지은이   신준환

펴낸곳   지오북(**GEO**BOOK)
펴낸이   황영심
편집   문윤정, 전슬기
교정   전유경
디자인   김정현, 권지혜

주소   서울특별시 종로구 사직로8길 34, 오피스텔 1018호
(내수동 경희궁의아침 3단지)
Tel_02-732-0337 Fax_02-732-9337
eMail_book@geobook.co.kr
www.geobook.co.kr
cafe.naver.com/geobookpub

출판등록번호   제300-2003-211
출판등록일   2003년 11월 27일

ⓒ 신준환, 지오북(**GEO**BOOK) 2018
지은이와 협의하여 검인은 생략합니다.

ISBN 978-89-94242-56-9 03810

이 도서의 국립중앙도서관 출판예정도서목록(CIP)은 서지정보유통지원시스템 홈페이지
(http://seoji.nl.go.kr)와 국가자료공동목록시스템(http://www.nl.go.kr/kolisnet)에서
이용하실 수 있습니다.(CIP제어번호: CIP2018015012)